Classics《クラシックス》 I

Re:ALICE《リアリス》

GOOD-BYE JOURNEY《グッバイジャーニー》

西田大輔

論創社

目次

Re:ALICE《リアリス》

登場人物

サダム・N…………「ハンプティ・ダンプティ」を名乗り、ゲームへ誘う男。
リキ…………ゲームに誘われた青年。どこかまどろっこしいところがある。
ルーク…………ゲームに誘われた青年。冷静沈着な性格。
キティ…………ゲームに誘われた少女。

スノーディ…………リキの案内人。（劇中では女1を演じる）
リーズ・P…………ルークの案内人。陽気な性格。
ラス・W…………ルークの案内人を取って替わる。
エンジ・Y…………冬の森で行われる背比べゲームのマスター。
トゥイー・ドルダム…春の海に現れる双子の兄。（劇中では男1を演じる）
トゥイー・ドルディ…春の海に現れる双子の妹。（劇中では女2を演じる）
キアリ…………娘の相談をしに来た女性。
ノートン…………臨床心理士。結婚式を翌日に控えている。
サイラ…………ノートンの助手。キアリの妹。
リサ…………サダムの妻。（劇中では女3を演じる）
タキシード…………タキシードを着た青年。キティをゲームに誘う。

――舞台は一人の男の苦しみから始まる。冒険を誘う役目の人間の、苦しみ。
鳴り続ける何かの音が、催促するように、想い出させるように。
届いたメールが物語の始まり。

「緑の草原で緑の服を着た思い出という少女がキミを待ってるだろう。ゲームスタート」

これは、何時かの時間、何処かの国での、誰かの物語。
冒険をするのは一人の少女と二人の青年。
誘うのは服着たハンプティ・ダンプティ。
かつてのアリスと同じように。
忘れたくても忘れられない冒険物語。

消えない「痛み」の冒険物語――

PROLOGUE

舞台まだ暗い。さっきまで鳴り響いていた軽快な音楽は鳴り止み、辺りは深い闇に包まれる。

暗闇の中、男の息が聞こえる。

息遣いは荒く、それはまるで泣いているようにも聞こえる。

ゆっくりと扉に光、そして一人の男が扉の前に座っている。

扉を叩く激しい音。

拒むように扉を押さえる男。

ドアノブを激しく回す音。

男はドアノブを懸命に押さえつける。

男の名は、「サダム・N」。

女1　私よ。どうかした？

突然、扉の奥から女の声が聞こえる。

サダム　違う！そんな筈ない!!

女1　どういう意味？何かあったの？怪我してるの？

サダム　お前じゃない!!お前なんかいる筈ない!!

激しくドアノブを回す音。

サダムはドアノブを懸命に押さえつける。

扉の奥から、違う男の声が聞こえてくる。

男1　私だ。大丈夫か？

サダム　黙れ……。

男1　必要ならすぐに駆けつける。お前に大切な話があるんだ……この扉を開けなさい。

サダム　開けない！絶対に開けない!!ここは……渡さない!!

激しくドアノブを回す音。

サダムはドアノブを懸命に押さえつける。

扉の奥から、また別の女の声が聞こえる。

それは、懐かしい声でもある。

女2　お兄ちゃん……。私。やっと来たよ。私ならいいでしょ？

サダムは泣いているようにも見える。

サダム　やめてくれ……。

女2　お兄ちゃん。間に合ったよ。開けてくれるでしょ？

サダム　開けない……開けないよ。だってお前なんかいる筈ないんだから。

女2　いるよ。お兄ちゃん。

サダム　黙れ!!

サダムは叫びながら、懸命にドアノブを押さえる。

サダム　黙れ……この場所は渡さない。そう決めたんだ。アイツが来るまで……この場所は渡さない!!

激しくドアノブを回す音。

サダムはドアノブを懸命に押さえつける。

扉の奥から、最後の声が聞こえる。

女3　どうして？

音楽。

サダムは驚いて後ずさり、崩れ落ちる。

悲しく下を向くサダム。

サダム　アリス……アリス……アリス……。

小さな声で、誰かの名前を呟くサダム。

その声は舞台上の誰にも届かない。

女3　どうして？……どうして渡さないの？

激しくドアノブを回す音。

女3　貴方のせいよ？

激しくドアノブを回す音。

女3　それなのに……どうして開けてくれないの？どうして渡さないの？

サダム　駄目なんだ。だから許してくれ。来ないでくれ。

激しくドアノブを回す音。
頭を下げるサダム。
――突然。
一人の少年が飛び込んで来る。
全てが静寂に包まれる。飛び込んで来た少年の息は荒い。
少年の名は、「リキ」。

サダム　君は……。
リキ　……あなたは……誰ですか？

リキのポケットから音が鳴る。
慌ててリキはポケットから音の鳴るものを放り投げる。
それは、『携帯電話』。

サダム　これは？
リキ　この場所で……渡せと言われました。この場所に……待ってる人がいると聞いたから。
サダム　君……なのか？

サダムはゆっくりと『携帯電話』を手に取る。
開いて中身を見るサダム。
驚いている。

リキ　どういう意味ですか?

サダム　……立ちなさい。

ゆっくりと読み上げるサダム。

サダム　「緑の草原で緑の服を着た思い出という少女がキミを待ってるだろう。ゲームスタート」
そう書いてある。

リキはただわけもわからず、呆然としている。

リキ　……あなたは?

サダム　この扉を開けて……そこまで私が案内しよう。たとえば私は……ハンプティ・ダンプティだ。

音楽。
サダムはリキに『携帯電話』を渡す。
見つめるリキ。
『マフラー』・『帽子』・『傘』をそれぞれ手に持った男女が現れる。
劇中では、女3・男1・女2がその男女を演ずる。
リキは携帯電話を見つめている。
大事にマフラーをかけ、大事に帽子を被せ、大事に傘をリキに渡す男女たち。
サダムはそれを見つめ、扉へゆっくりと誘う。
何処からか、声が聞こえる。

全員　その扉を開ければ、見える事がある。その扉を開ければ、待っている花がある。その扉を進めば……いつかは会える。いつかは……会える。花言葉は……『はなむけ』。

まばゆい光。
扉の中に、サダムとリキは進んで行く。
一つの冒険が始まっていく。

★

バタンと閉まる扉。
場面は早急に移っていく。

一人の女がファイルと、本を持って部屋に入って来る。
後に続く、いま一人の女。
女の名は、「ノートン」。

ノートン　では、もう来てるのね？

後に続く女の名は、「サイラ」。

サイラ　はい。今日は大事な日だからと、あらかじめ伝えたんですけど……。
ノートン　しょうがないわ。診てもらう方にとっては、一大事ですもんね。
サイラ　ごめんなさい。
ノートン　それに……。
サイラ　……それに、何ですか？
ノートン　あなたのお姉さまでしょ？力になれるのであれば、なりたいわ。
サイラ　先生……。

微笑むサイラ。

サイラ　ありがとう。

ノートン　そう、それ。謝るより先に、お礼を言う。私がいつも教えてる事よ。
サイラ　はい。

元気に部屋を出て行くサイラ。
ノートンは一息ついて、ファイルを並べ見つめている。
少し微笑みながら、気難しそうに、見つめ続けるノートン。
一人の女が入って来る。
名を、「キアリ」。

キアリ　……パンフレット、ですか？
ノートン　え？……ああ。
キアリ　ごめんなさい、いきなり話しかけて。
ノートン　いいえ。

握手をする二人。

キアリ　キアリです。サイラの姉の……。
ノートン　ノートンです。
キアリ　いつも妹がお世話になっています。

ノートン　こちらこそ、私が大雑把なものだから、いつも助かっていますよ。
キアリ　あの子もそうなのに……。

　笑い合う二人。

キアリ　だから、決まらず?
ノートン　え?
キアリ　それ、ウェディングドレスでしょ?
ノートン　あ、はい。

　恥ずかしそうに笑うノートン。
　ファイルの中身には、ウェディングドレスのカタログが散りばめられている。

キアリ　明日でしょ?ご結婚なさるの……。

　頷くノートン。

ノートン　一生に一度のものだからって考えると、なかなか決められなくて。まあ私が何を着たとしてもそんなに変わらないんでしょうけど……。

キアリ　そんな事ないわ。きっと素敵よ。普段、仕事のできる女性だからこそ、なおさら。

ノートン　みんながそう思ってくれたら嬉しいんですけどね……。

キアリ　おめでとう、それから、ごめんなさい。

ノートン　どうしてですか？

キアリ　幸せな時間に水を差すようで……。

ノートン　そんな事ないわ。私の生きがいは仕事ですもの、少なくとも明日までは……ね。

頷くキアリ。

椅子を置くノートン。

ゆっくりとキアリがそこに座る。

ノートン　……娘さんの……事ですよね？

キアリ　はい。

ノートンは、一息の間を入れる。

ノートン　時折、ふらっといなくなる時があると……。

キアリ　……はい。昼間でも……夜中でも……ふと気付くと、いなくなる時があるんです。何の理由も告げずに……。

ノートン　何処へ？

キアリ　たいていは近くの公園です……すぐに見つける時は、庭で。

ノートン　……何を……しているの？

キアリ　ただ……ただ……木を見てるんです。じっと……。

ノートン　そう……。

キアリ　勿論精神的なショックからなんだというのはわかります……だけど、いつまで続くのかと思うと……心配で……。

ノートン　そう……ですか。木を見つめている……。

キアリ　今までにそんなケースなんて……あるんでしょうか？

ノートン　うん……考えられる症例は幾つかあります。もちろん、具体的に木を見つめているというわけではないけれど……。

キアリ　それって？

ノートン　何かのモチーフから、それに呼応する原体験や記憶を呼び戻す事はあるんです。お嬢さんはきっと無意識にそれを求めていたり……或いは逆に、それを突き放したかったり……。

キアリ　……。

ノートン　勿論、ゆっくりお話します。難しい言葉を並べ立てても、結局は解決にならない。それが私の信条です。

キアリ　……ありがとう。

ノートン　それともう一つだけ……私は、大切な事は隠しません。解決する為に、「受け入れてもらう」……そうやって今までやってきましたから……。

キアリ　……勿論、お願いします。

ノートン　まあゆっくりと……この地でしか採れない紅茶があるんです。出逢いの記念に、御馳走します。

部屋を出て行こうとするノートン。

キアリはファイルの隣にある本を見つける。

キアリ　……これ……読んでもいい？

ノートン　え？ああ、どうぞ。

キアリ　娘の大好きな本。小さい頃、よく読んで聞かせたわ……。

ノートン　だって少女はいつでも、大好きな本よ。

笑うノートン。

部屋を後にする。

本を開くキアリ。

本の題名は、『鏡の国のアリス』。

舞台はゆっくりと暗くなる。

――突然の光。

そこには、一人の男が立っている。
タキシードを身に纏った男が退屈そうに、座っている。
劇中では「タキシード」と呼ばれる。

タキシード　暗くはならないよ。だって物語に、終わりなんてないんだから。
キアリ　……あなた。
タキシード　こんなところに来るよりも、てっとり早く解決する方法があるじゃん。
キアリ　でも……。
タキシード　あの子が見つめる理由を、きっとあんたは知ってるからさ。
キアリ　……わからないわ。
タキシード　じゃあ参加させてあげなよ。それが一番いい、そうじゃないと俺が暇になるからさ
……。

タキシードのポケットから携帯電話が鳴る。
それを手に取るタキシード。

タキシード　合図だ。ゲームスタート……。早く決めてあげてくれよな。
キアリ　……。
タキシード　おっと、それじゃあ。紅茶を持って来ちゃうからね。

キアリ　ねえ、本当に？本当にあの子は……
タキシード　そうだよ、見つめる木の先に、扉があるからさ。

携帯を見つめるタキシード。

タキシード　「緑の草原で緑の服を着た思い出という少女がキミを待ってるだろう。ゲームスタート」だよ。

舞台突然の暗闇。
暗闇の中、声が聞こえる。

タキシードの声　だから暗くなるまで、待って。

音楽。
舞台には既に誰もいない。
扉からゆっくりと光がこぼれる。
飛び込んで来るまた一人の少年。
少年の息は荒い。そして、手には携帯電話がある。
その少年の名は、「ルーク」。

ルークは、携帯電話を見つめている。

ルーク　……緑の草原で緑の服を着た思い出という少女が、キミを待ってるだろう……。

扉の奥には、サダムが立っている。

サダム　だから……暗くなるまで……待つんだ。それが……。

突然の暗闇。

全員　ゲームスタート。

音楽。

まばゆい光と共に、舞台ゆっくりと暗くなっていく。

ACT 1

舞台明るくなると、携帯電話を持ったリキが立っている。

リキ　え……？

辺りを見渡すリキ。

リキ　ここは……。

だが誰もいない。
それは、大きな木の下である。
その場所に見覚えのあるリキ。

リキ　これ……この木……。

歩み寄るリキ。

すると一人の女が肩を叩きながら、だるそうに歩いて来る。

女の名は、「スノーディ」。

スノーディ　……どっかで、見覚えでもあるの？

リキ　え？

スノーディ　……何よ？

リキ　君、誰？

スノーディ　ああ、私……あんたの担当。

リキ　担当って？

スノーディ　ゲームはスタートしたって言ったでしょ。

リキ　ええ!?

スノーディ　とにかく、私はあなたの担当。しばらく一緒にいるから、よろしくね。あー肩いてぇ。

リキは呆然としている。

スノーディ　何よ？

リキ　あの、全然意味がわからないんだけど……ここは何処で、あなたは誰で、今から何が始まるんですか？

スノーディ　それを探すんでしょ？あんた何言ってるの？
リキ　探す？
スノーディ　ああもうめんどくせえなあ、肩いてえし。じゃあさ、君何でそれ、持ってるわけ？

携帯電話を指すスノーディ。

リキ　それは……渡されたんです……。
スノーディ　誰に？
リキ　だから……え……？
スノーディ　だから誰に？
リキ　え？わからない……え、わかんない、え⁉

驚くリキ、誰から受け取ったのかを覚えていない。

スノーディ　だから探すんでしょ？決まってるじゃない。
リキ　あなたは誰ですか⁉
スノーディ　だから、あんたの担当だって言ってるじゃない。それ以上でもそれ以下でもないわ。
リキ　じゃあ僕は……
スノーディ　あなたには、今から緑の少女を探し出してもらうわ。

リキ　緑の少女……。
スノーディ　何処かの季節に、緑の少女がいるから。必ず、何処かの季節に。
リキ　……。

風がざわざわと鳴っている。

スノーディ　わかっているルールは、それだけ。でもあんたはそれをやる価値のあるものだと知っている。それだけは、わかっている。どう？
リキ　それは……。

リキは答えない。
スノーディは面倒臭そうに肩を叩いている。
リキは携帯電話を見つめている。

スノーディ　ま、そう言う事だから。あー。

肩を叩くスノーディ。
リキは携帯電話を見つめ、

リキ　……あの、そもそもこれ、何ですか？
スノーディ　それ？……それは私にもわからないのよ。
リキ　わからないんですか？
スノーディ　そう、私達にだってわからないものはある。それがそれ。
リキ　じゃあ、あの人は？あの人は何処へ行ったんです？
スノーディ　あの人？誰の事よ？
リキ　だから僕をここまで連れて来た……扉の前で出逢った……。
スノーディ　え？
リキ　あのしゃくれた感じの……。
スノーディ　ああ!!!

瞬間、サダムが立っている。

サダム　……。
スノーディ　彼の事ね。
リキ　そうです。

サダム退場。

リキ　ちょっと……！
スノーディ　だってあくまで私のイメージの彼だもの。実物ではないわ。……合ってるのかな？
リキ　合ってます……。
スノーディ　本当に⁉合ってるのかなぁ……しゃくれた感じの知り合い、結構いるのよ私。
リキ　いや、合ってますから。
スノーディ　一応、他に何か特徴とかある？
リキ　合ってるのに……だから、こう髪の……こう、薄い感じの……
スノーディ　ああ‼

瞬間、サダムが立っている。

スノーディ　やっぱ彼かな……。
リキ　だからそうですって……！
スノーディ　あ、そう。良かった。ありがと。
サダム　……。

サダム退場。

リキ　……ちょっと！

スノーディ　だから言ってるでしょ、あくまで私のイメージだって。
リキ　じゃあ何処へ行ったんですか？
スノーディ　……さあ。
リキ　さあって……。
スノーディ　何処へ行ったんだろう。

ふと考えるスノーディ。
サダムが入って来る。

スノーディ　何処行ったの？
リキ　いるじゃないですか！
サダム　……というか、一つ言っておく。私で遊ぶな。
スノーディ　はーい。あーいて。
サダム　それと君にも。これは……坊主って言うんだ、薄いとかそういうんじゃない。
リキ　あ、はい……。
サダム　言ったろ、扉の外まで案内すると、私の役目はそこまでだ。
スノーディ　そっ。つまりそれからは私。
リキ　でも……。
サダム　いずれ逢う事もある。何処かの季節では、きっと一緒に旅をする事になるだろうから。

リキ　何処かの季節で……。

サダム　君が卵の殻を破ってくれたら、いつでも来るよ。私はハンプティ・ダンプティなんだから。

リキ　それ、最初も言ってたけど……何ですか？

スノーディ　あんた知らないの？鏡の国のアリスでしょ？

リキ　あ……読んだ事は……。

サダム　一番有名なキャラクターだよ。人気のある、卵の化け物だ。

リキ　そのパンプキン・ダンスチンがどうして……

サダム　言えてないよ、全然言えてない。ハンプティ・ダンプティだ。

リキ　あ……。

スノーディ　アリスと塀の上で出逢ってね、押し問答をするの。アリスに嫌われる言葉遊びの、卵おじさんよ。

リキ　じゃあどうしてあなたがそのパイナップルティ・アソシエイティィリィなんですか？

サダム　どんどん変わってる、むしろそっちの方が覚えづらいだろう。

リキ　あ……。

スノーディ　それもあんたが探すの。私達の事はどうでもいい、あんたは自分の事で精一杯なんだから。

携帯電話が鳴る。
慌てるリキ。

リキ　これ……。
スノーディ　きたみたい……。ちょっと貸して。
サダム　駄目だ。それは君が自分で見なさい。
リキ　え？
スノーディ　細かい事言うなよハイナチョイリティ。
サダム　……それでもいいから、自分自身で開きなさい。
リキ　でも……。
サダム　大切な事を人に委ねちゃ駄目だよ。もう、それは駄目だ。

サダムの言葉に、驚くリキ。

リキ　……。
スノーディ　……はーい。

肩を叩くスノーディ。
リキは携帯電話を見つめる。

リキ　「春の海辺で二人と謎かけ　どちらかに勝って　どちらかに負けて　どちらかの一人が　緑

の少女」……。

風が強く吹いている。

スノーディ　さ、始まった。行くよ。
リキ　行くって何処へ？
スノーディ　春の海辺に決まってるでしょ？あんたはどうする？
サダム　行かないよ。さっき、言ったろ。扉の外までだ。
スノーディ　了解、ほら、行くぞ！

手を引くスノーディ。
慌てて、リキはそれを払い、

リキ　あの……。
スノーディ　何よ？
リキ　また、逢えるよね……。
サダム　ああ。何処かの季節で、必ずな。
リキ　待ってるよ、不安だから。ハンプティ・ダンプ。

スノーディに手を引かれ、その場を離れて行くリキ。
立ち尽くすサダム。

サダム　あと……ティだけでいいのに……。

扉を開くサダム。
そこから入って来る一人の男。
名を、「リーズ・P」。
仮名の男である。

リーズ　おい何してる?……早く行けよ。
サダム　もう……来てるのか?
リーズ　当たり前だろ。
サダム　……。
リーズ　今回の担当は俺、俺が案内人だ。

サダム、その場を離れようとする。

リーズ　ちょっと待て……お前は何処の季節に行く?

サダム　どの季節にも幸せなんかないさ。
リーズ　いずれかの季節でお前と逢わなきゃ、始まらないんだぞ。

サダムは寂しく笑い、

サダム　なら逃げ出す方法を……教えてくれ。

サダムはその場を離れる。
その瞬間、扉から飛び込んで来るルーク。

ルーク　え……？

手には携帯電話を持っている。

ルーク　ここは……!?

辺りを見渡し、ルークが木を見つめようとした瞬間、

リーズ　その木に、見覚えでもあるのかい？

ルーク　あなたは⁉

リーズ　あれか……木だけに気になるって、それはきっと気のせいだよ。

　　スノーディとは違い、リーズはえらく陽気である。

ルーク　……。

リーズ　ほら、面白くないだろ。僕はね、面白くないんだよ。面白い事なんかひとっつも言えないんだこれが。

ルーク　あなたは……誰ですか？

リーズ　僕はね、君の担当。今から君を誘うって寸法。つまり君が、主人公。

ルーク　僕が……。

リーズ　迷う事もあるだろう。逃げ出したくもなるだろう。その旅の案内人がこの僕だよう。

ルーク　……。

リーズ　ほらうまくないだろ。僕はね、うまくもなんともないんだよ。ライムなんか一つも満足に刻めないんだ。ま、それはいいとして、つまり僕が担当だから。一つよろしくね。さあ……。

ルーク　嫌です。

リーズ　え？

ルーク　あなたが案内人なのは、嫌です。

リーズ　……え？え？……本気で言ってる？

ルーク　はい、替えてください。

リーズ　いや、でもね……君はゲームをスタートしたんだよ、だから嫌でもそれはやらないわけには……

ルーク　はい。だからやります、ゲームは。この不思議な世界に迷い込んだのも、きっと自分の意志だと思うから。

リーズ　あっそう、良かった。

ルーク　だからその代わり、案内人を……替えてください。

リーズ　……あのさ……もっかい聞くんだけど……本気で言ってる？

ルーク　はい。

リーズ　……そこ……なんとかならないかな……。

ルーク　なりません。

リーズ　ハハ……こんなケース、初めてだなぁ。これね、弱っちゃった……。

ルーク　そういうの、できないんですか？

リーズ　いや、できない事は……

ルーク　だったら……

リーズ　あ、できない‼そういうのね、確かできないんだったなぁ。できないよ！

ルーク　めちゃめちゃ嘘ですよね？

リーズ　そうなんだよ。俺本当嘘が下手なの……嘘つきのくせに、嘘が下手なの……どうしよう……。

一人の女が入って来る。
名を「ラス・W」。

ラス　なら……私があなたの担当になるわ。
リーズ　おいちょっと……。
ルーク　よろしくお願いします。
リーズ　ちょっと……。
ラス　ゲームのルールは簡単よ。あなたには、今から緑の少女を探し出してもらうわ。
ルーク　緑の少女……。
ラス　何処かの季節に、緑の少女がいるから。必ず、何処かの季節に。
ルーク　季節って……どういう意味ですか？
ラス　それは、私が案内するから。心配しないで。
ルーク　……わかりました。
リーズ　なんか……話まとまっちゃってるね。

携帯を見つめているルーク。

ラス　先に言っておくけど、わからない事だらけよ、それをあなたが探す物語だから。

リーズ　そう、だって君は主人公……

ラス　になれるかどうかは、あなた次第ね。緑の少女を見つけられなきゃ、あなたの負けよ。

リーズ　とっても、いいコンビだね。

ルーク　なんか……すいません。

リーズ　謝らないで、余計切なくなるから。

ラス　それ、恋人みたいね。

リーズ　黙れこのプッシーキャットが!!

ラス　ちょっと何よその言い方……!

ルーク　あ、この人を責めないでください、僕が我儘言っただけですから、本当ごめんなさい。

リーズ　……どんどん振られていくね、俺がうさぎだったら死んでるね。

ルークはふと携帯をポケットにしまい、

ルーク　一つだけ……聞いていいですか?

ラス　何?

ルーク　僕をこの世界に連れて来た、扉の外まで案内すると言ってくれた人は……?

ラス　それは?

ルーク　ほら……あの……気持ちしゃくれめの……。

リーズ　ああ、ああ……任せて!!あいつの事かな……あれかなぁ……たぶんあいつだろうなぁ……。

その場に静寂が訪れる。

リーズ　俺の時は出もしないんだね……。
ラス　……わからないわ。誰の事？
リーズ　名乗ったんです。例えば私は、ハーブティ・オリジナリティだって。

入って来るサダム。

ルーク　あ……！
サダム　君は頭が切れるのに、そこだけは間違えるんだね。
リーズ　というか、出て来るんだね。俺以外は……。
ラス　彼は駄目よ。彼は、この扉までの案内人。一緒に行く事は、できないわ。
ルーク　わかってます。始まりに逢っておきたかっただけだから。
サダム　ならその記念に私から一言言おう。気持ちしゃくれめという言葉はないよ。
ラス　あら、あなた別にしゃくれてなんかないわよ。しゃくれてるっていうのは、猪木さんみたいな人の事を言うのよ。ほら、これ、こう。これ。

必死にしゃくれるラス。

サダム　特に触れなくていい。

ラス　あっそう。

サダム　何処かの季節で、逢う事を願ってるよ。

リーズ　そうだよ、もしかしたら一緒に旅をする事になるかもしれないんだから。

ルーク　……なんか、すいません。あなたは連れて行けなくて……。

リーズ　過去の傷口をえぐるね。

ラス　あなたは選ばれたの。この不思議な世界でたった一人。

ルーク　一人……なんですか？

ラス　勿論。それを持ってるのが何よりの証拠よ。

サダム　……。

黙って見つめているサダム。
雨がゆっくりと降り始める。

ルーク　あ……雨……。

——突然、携帯電話が鳴る。

ルーク　……。
ラス　始まったわね。
リーズ　お、なんなら読んであげようか？
ルーク　大丈夫。

携帯電話を開く、ルーク。
文面を読んで、驚く。

ルーク　「冬の森で　みんなと背比べ　高い低いと競い合い　笑った一人が……緑の少女」

ルークがラスを見つめると、大きくラスは頷き、

ラス　さあ、土砂降りになる前に、冬の森へ行きましょう。
ルーク　はい。あ、また逢えるよね。
サダム　ああ……。
ラス　さあ……早く。

その場を走って行くラスとルーク。
雨がだんだん強くなっていく。

サダム　大切な事は……人に委ねない……か。

リーズ　そんな事より、この状況どうすんだよ!?これ以上物語をややこしくしたら、全然わかんないぞ?

サダム　だったら、追いかけろ。案内人はお前なんだろ。

リーズ　もう……。

リーズ、慌てて追いかける。

雨が強くなっていく……ただ一人、立ち尽くすサダム。

サダム　物語は、単純なんだよ。それがきっといいんだ……。

一人立ち尽くすサダム。

一人の女が傘を差しながらゆっくりと歩いて来る。

左手には、もう一つの傘。

それは女3であり、ここでは「リサ」と呼ばれる。

リサ　……。

傘をゆっくりと差し出すリサ。
それを差して、サダムはリサを見つめる。

サダム　ハッピーバースディ……リサ。

微笑むリサ。
二人は傘を寄り添うようにして置き、その場をゆっくりと離れて行く。
寄り添うように、ハネムーンのように。
雨がゆっくりと上がっていく。

★

二つの傘だけが置いてある。
一人の少女が、日傘を差しながら大きな木を見つめている。
少女の名は、「キティ」。
静かに木を見つめるキティ。
入ってくる母親、キアリである。

キティ　やっぱりこの花、咲いてたね。
キアリ　そうね。
キティ　誰が植えたんだろう?・こんな綺麗な花。

キアリ　きっと、ここに来た人が思ったのよ。今のあなたと同じように……ここに来た人が……微笑むように。そう思ったのね。

キアリを見つめるキティ。

キティ　……怒らないの？

キアリ　どうして？

キティ　だって……。

下を向くキティ。
母親は優しいまなざしで、

キアリ　怒らないわ。忘れないでほしいから。

キティ　……うん。……ずうっと思ってた事があるの。

キアリ　何を？

キティ　世界の扉を最初に開けたのは誰なんだろうって。この世界も……物語の始まりも……自然についてる色も……誰が見つけたんだろうって。最初に見つけた時に、扉を開けた時に、どんな気分なんだろうって。……わかる？

キアリ　……きっと教えてもらえる。だから忘れないで。二度と同じ事が起こらないように……。

あなたはそう言って、そう手紙に書き残して……死のうとしたの。この木に縄をかけて、あなたは死のうとした。二度と忘れちゃ駄目よ。あなたを失うのは、嫌だから。

キティ　うん。

音楽と共に、まばゆい光。
軽やかな足取りでタキシードが入って来る。

タキシード　この花を見つけられた者が、最初の資格だ。君は見つけたんだね。

キティ　……はい。

タキシード　本当に？本当に君は見つけた？誰の力も借りず、自分で見つけた？

キティ　はい。

タキシード　よし。それでは合格だ。君を連れて行こう。

キティ　何処へ？

タキシード　君は知りたいんじゃないのかい。誰が最初に世界の扉を開けたのか、この世界に色をつけたのか、物語の始まりを、全部知りたかったんじゃないのかい？

キティ　そうだけど……

タキシード　ならば、問題ない。

タキシードはくるりと傘を取って差しながら、

タキシード　行こう、扉の外で待ってる人がいるよ。

キティはキアリを見つめている。

キアリ　行っといで。
キティ　いいの？
キアリ　……ちょっとの時間、早く帰って来るのよ。
タキシード　急ごうよ、早く。じゃないと負けちゃうよ。だってゲームは、もう始まってるんだから。
キティ　……。
タキシード　行こう。扉の奥で、待ってる人がいるよ。
キティ　わかった。

キティはキアリに持っていた日傘を渡す。
中央の傘を手に取り、それを差してタキシードと向かい合う。
キティは中央の傘を手に取り、

キティ　一緒に行こうよ。一緒に扉を開けよ。

キアリ　……。

驚くキアリ。

タキシード　駄目だ。
キティ　どうして?
タキシード　見つけたのは君だから。君一人しか入れないよ。
キアリ　……いいの。だから忘れないで。……あなたには未来があるから。
キティ　わかった。

キティはタキシードを向かい合う。

タキシード　準備はできた?
キティ　できた。
タキシード　なら、合言葉を決めよう。
キティ　合言葉?
タキシード　そう。その言葉で、君は扉を開ける。帰る時も、その合言葉で君は帰る。それを決めよう。
キティ　わかった。私が決めるの?

タキシード　そうだよ。短い言葉にして。覚えるのがめんどくさいから。
キティ　それじゃあ……

キティは下を向いて考える。
思いついて顔を上げ、ほころぶキティの笑顔。

キティ　〝大好き〟

音楽。
うなづき、傘を回すタキシードとキティ。
タキシードは扉の世界へ誘っていく。
ついて行くキティ。
優しく見つめるキアリがいる。
二人はその場を離れて行く。

★

傘の置いてあった何もない場所を、撫でるように触わるキアリ。
ゆっくりとノートンが入って来る。

ノートン　どんな意味があるんですか？

キアリ　何がです？

ノートン　未来があるって……気になったから。

キアリ　……娘がね、冒険をしたいって、言った事があったんです。

ノートン　そう……。

キアリ　どうして……この公園まで？

微笑み、木を見つめるノートン。

ノートン　知ってみたいと思ったんですよ、娘さんに逢う前に、見つめている大きな木を見ておきたかったんです。

キアリ　……普段はあまり、しゃべらない子なんですよ。だけど、この木の前だけはいつも楽しそうで……。

ノートン　冒険したい……か……。

サイラが入って来る。

サイラ　姉さん、昼食の用意、できたよ。

キアリ　ごめんね、任せちゃって。

サイラ　大丈夫、それにああ見えてノートン先生、好き嫌いが多いから。

ノートン　どう見えてるんですかね？

笑うノートンと、キアリ。

キアリ　さあ、こちらへ、御招待するわ。
ノートン　もう少しだけ……いいですか？
キアリ　え？
ノートン　なんとなく……わかった気がするんです。
サイラ　先生、本当ですか？
ノートン　ええ。まあ、正確に言えば、ヒントをもらったという事かな。
キアリ　どういう……どういう意味ですか？
ノートン　ヒントは、さっきあなたが見ていた本に隠されている。
キアリ　……本に。
サイラ　先生……私、全然わかりません。
ノートン　わからなくて当たり前。だから、冒険するの。
キアリ　……。
ノートン　物語の彼女と同じように。アリスと。

音楽。

微笑むノートン。

驚くキアリとサイラ。

舞台ゆっくり暗くなっていく。

突然の声が聞こえる。

ノートン　……暗くならないうちに、始めるの。

舞台、扉だけが光っている。

そこには誰もいない。

ただ扉が光っている。

ACT 2

一人の男と一人の女がやって来て、互いに辺りを見渡している。
目が合う二人。
一人の男は、胸に手を当てて、心を届ける。
一人の女は、目に手を当てて、感じたものを届ける。
惹かれ合うように近づくが、すれ違う二人。
一人だけ振り返る男。
女は立ち去って行き、寂しそうに見つめている男がいる。
波の音がザァーと、強く聞こえる。
気配を感じ、ゆっくりと隠れる男。
——そこは、春の海辺。
飛び込んで来るリキとスノーディ。

リキ　ここ……。
スノーディ　そう、ここが春の海辺よ。

リキ　……へえ……。ここで……2人と謎かけを……すればいいんですね。
スノーディ　そうじゃない？

携帯を再び見つめるリキ。

リキ　……どちらかに勝って……どちらかに負ける……か。
スノーディ　さっ、ちゃっちゃとやっちゃってね。あーあと……ほんといってぇ……。

肩を叩きながら、その場に座り込むスノーディ。

リキ　あの？
スノーディ　何？
リキ　手伝っては……くれないんですか？
スノーディ　手伝う事なんかあんの？
リキ　いや、それはまだわからないですけど……。
スノーディ　じゃあ手伝いようがないじゃない。
リキ　まあそうですけど……あの？
スノーディ　何よ？あんたちょっとね、さっきから質問が多いのよ。
リキ　……ごめんなさい。

スノーディ　そのくせ私の肩については全く触れないのよね。どんだけ痛い痛い言ってると思ってんのよ。
リキ　すいません……あ？

男と目が合うリキ。

スノーディ　何？
リキ　あ、いや……。
スノーディ　聞かねえのかよ！
リキ　あ、すいません、あの……！
スノーディ　何よ？
リキ　あの人と謎かけをすればいいんですか？
スノーディ　やっぱ聞かねえのか！何だこれいったい……。
リキ　だって……。

慌てて隠れる男。
その男の名は、「トゥイー・ドルダム」。

ドルダム　……。

リキ　明らかにあの人……隠れ損ねてると思うんですけど……。

スノーディ　じゃあそうなんじゃないの、肩痛くてわかんない!!!

リキ　あの……。

ドルダム　……隠れてなんかいないよ。ちょっと見てただけだ。

リキ　明らかに隠れてたでしょ?あなたですか?

ドルダム　僕、違うよ。僕とは謎かけなんかしない。

リキ　……。

ドルダム　ただ、君がどうしてもって言うんなら、どうしてあげない事もないかな。

リキ　……なんかあの人、嫌なんですけど。

スノーディ　気持ちはわかるわ。

ドルダム　……綺麗な海だね。波の音が、気持ちがいいね。

リキ　……。

ドルダム　こんな日は、謎かけなんか、してみたくなるよね。

リキ　……いや、別に。

ドルダム　波と掛けまして、サザエさんのお父さんと解く。その心は?

リキ　答えたくありません。

ドルダム　なみ……へー……なみー……へ

小声で正解を言い続けるトゥイー・ドルダム。

リキ　いや、わかった上で答えたくないんです。

スノーディ　ひどいね……いろんな意味で。

リキ　そもそも謎かけって、そっちの方ですか⁉

ドルダム　いや、違うよ。これは僕の自然な気持ちから発せられたものだ。

リキ　……。

ドルダム　いいかい？あくまで僕の、自然な気持ちから発せられたものだ。

スノーディ　……二回も言った。

リキ　嫌なんですけど……。

スノーディ　気持ちはわかる。

リキ　もう……あなたでいいんですね。早くやりましょう。

ドルダム　そうだね。僕の謎々に答えればいい、ただそれだけの話だ。

リキ　もう一人は？

ドルダム　そんな人いないよ。僕だけだ。

リキ　はい？

ドルダム　なぞなぞをするのは、僕一人だよ。他には誰もいない。

顔を見合わせるリキとスノーディ。

リキ　いや、そんなはずないでしょ？いますよ、だって二人と謎かけって……
ドルダム　ああ、そうだった。
リキ　いるんじゃん！
ドルダム　一つ、言い忘れてた事がある。
リキ　何ですか？
ドルダム　僕はね、「嘘つき」なんだ。

一人の女が入って来る。
それは先ほど、トゥイー・ドルダムと見つめ合っていた女。
名を「トゥイー・ドルディ」。

ドルディ　なぞなぞを始めよう。この季節は、たった一度のものだから。
リキ　あなたは……。
ドルディ　そうでしょ、何度も季節は巡るけど、この春はたった一度の春だから。一度とは戻って来ないでしょ。
リキ　確かに……そうです。
ドルディ　絶対にどっちも、正解してね。どっちもだよ。
リキ　それは……。

派手な音楽が鳴る。

ドルダム　では、なぞなぞターイム!!

ドルディ　どっちのなぞなぞから行く?この選び方で、あなたの先が変わっていくよ。

リキ　じゃあ……えっと……。

ドルダムが誘うような視線でリキを見ている。

ドルダム　……。

リキ　鼻につくんで、君から。

ドルダム　ええ!?

リキはドルディを選ぶ。

ドルディ　私からね、行くよ。

ドルダム　あ、ちょっと待って。どっちかなんだよね?スノーディ。

スノーディ　……そうね。

リキ　何となく、君は残しておきたい気がする。

ドルディ　どうして?

リキ　だって……どちらかが……緑の少女なんだ。
ドルディ　それ……どういう意味？
リキ　……ううん。こっちの話。
ドルダム　それは、僕かもしれないよ？
リキ　いいから黙って。あんたからにする、始めよう。

リキは、ドルダムを選ぶ。

ドルダム　僕からだね？問題。

蒸気機関車の音が鳴る。
その音に驚くリキ。

ドルダム　君と僕は、今から数を十まで数える。いいね。
リキ　はい。
ドルダム　心の中で精一杯、数えてね。問題はここから、その十までの数の中に、たった一匹だけ虫がいるよ。
ドルディ　せーの!!
ドルディ・ドルダム　1、2、3、4、5……。

舞台蒸気機関車の音が大きくなっていく。
その音に合わせて舞台もどんどん暗くなっていく。
暗転。

★

場面は蒸気機関車の音だけがかすかに残っている。
入って来るタキシード。
遅れてキティも入って来る。

タキシード　さっ、着いたと……。
キティ　……あんな風変りな機関車、初めて乗った。私の目の前に座っていたの、ヤギよ。それにカブトムシに、馬に、小さな小さな蚊！

興奮しているキティ。

タキシード　当たり前だよ。ここはそういう世界だ、楽しかったろ？
キティ　……。

キティは嬉しそうに頷き、

キティ　ずっと望んでた気がする、この世界に来る事を。

タキシード　……それはどうかな。

キティ　きっとそうよ、間違いなく。

タキシード　合言葉は、忘れてないね？

キティ　うん……だ……

キティが言おうとする言葉を、タキシードは遮る。

タキシード　おっと駄目だよ。それは帰るその瞬間まで、絶対に言ってはならない。

キティ　どうして？

タキシード　言ったら元の世界に戻ってしまうからさ、まだ始まってもいないのに、帰るのかい？

キティ　……言わない。帰らない。

タキシード　それでいい。ここで帰られたら、嫌いになるところだった。

キティ　あなたの口癖ね？

タキシード　何が？

キティ　それ、嫌いになるって。そんなに簡単に、人は人を嫌いになれないわ。良くない口癖。

タキシード　そうかなぁ。

キティ　そうよ。それに、例えそうだとしても、口に出してはいけない、嫌いだなんて。

タキシード　それは君の世界の話だろ？この世界では逆さ。
キティ　どういう意味？
タキシード　君らが良くないと思ってる事こそ、この世界では良いんだ。つまり、嫌いなものを嫌いと言えない君こそが、「悪」だ。
キティ　「悪」……。
タキシード　そう……悪。僕はこれでもお人好しなんだよ、嫌いとは言わない。その代わり、最初に警告するんだ、嫌いになるって……。
キティ　私……違うわ、悪じゃない。
タキシード　知ってる。だから君にこれを、渡しておくね。

キティに何かを渡すタキシード。
それは、携帯電話である。

キティ　これ……何？
タキシード　何かは、僕らにもわからないんだ。不思議なものでね、そこにメッセージが届く。
キティ　本当に？
タキシード　ああ。未来の人からの贈り物なのかもしれないね。
キティ　誰からのメッセージが届くの？
タキシード　待ってれば、届くさ。だからきちんと持ってるんだよ。

キティ　うん。

タキシード　忘れないで、ちゃんと持ってるんだよ。ちゃんと携帯して。

キティ　わかった。

タキシード　それじゃあ、楽しむ事にしますか。世界の始まりを知る為に、楽しもう。

キティ　この場所は？

タキシード　ここはね……

　タキシードが言おうとする瞬間。
　一人の女が入って来る。
　名を「エンジ・Y」。

エンジ　ここは、冬の森。

キティ　冬の森？

タキシード　なんだよ……今俺が言おうと思ったのにさ。

キティ　知り合い？

タキシード　当たり前だよ、そして俺の嫌いな奴さ。

キティ　全然警告してないじゃない。

エンジ　それに私もあんたが嫌い。

タキシード　何だと？

エンジ　黙んないとばらすわよ。今から来るあの子にね。
タキシード　ちょ……ちょっと待てお前……。
エンジ　黙って、今私が話してるから。ここは冬の森、そして今からあなたには、背比べをしてもらうわ。
キティ　背比べ？
エンジ　そう、細かい事はやってから。それじゃ、始めよう。

音楽。
何人もの人達が入って来る。
蒸気機関車の音が聞こえ始める。

エンジ　さあ、背比べだ！用意はいいかな⁉
全員　はーい？
タキシード　君もやるんだよ。
キティ　でもやり方が……
タキシード　やり方なんてないんだから、ほら！
エンジ　行くよ！5、4、3、2、1‼

1の数を数えるまでに、全員がバラバラと動き出し、並ぶ。

慌てたように、入るキティと、タキシード。
その中の一人と話をするキティ。
それはトゥイー・ドルディである。

ドルディ　どっちだろう？私と、変わらないんじゃない？
キティ　みたいね。
ドルディ　次も隣になれるといいね。
キティ　次もやるの？
ドルディ　当たり前よ、何度でもやるわ。正解が出るまで。

タキシードが真ん中ぐらいにいる。
その隣には、リサがいる。
嬉しそうに話しかけるタキシード。

タキシード　偶然だね、リサ。
リサ　最初は普通通りの背比べよ。あなたもっとあっちじゃない。
タキシード　そうかなぁ、そんなに変わらないと思うけど。
エンジ　変わるよ。ブー!!タキシードのせいで不正解!!もう一回だ。
タキシード　あの野郎、せっかくの時間を……。

リサ　ゲームはちゃんとやんなきゃ。
タキシード　だね。
エンジ　それじゃあ行ってみよう！
タキシード　次も一緒になれるといいね。
エンジ　5、4、3、2、1‼

全員がバラバラと動き出す。
戸惑うキティ。
わけもわからず動けないでいる。

エンジ　さあ、着いたかな。えっと……。

ぺらぺらとカードをめくっているエンジ。
キティの隣に来るのは、ノートン。
その隣に来るのは、ドルダム。

キティ　どうして？
ノートン　何が？
キティ　だって、これが正解なわけないじゃない？どう見たって……

ノートン　まだわからないわ。
キティ　え？
ドルダム　何だろうねぇ？

エンジはカードの一枚を選び、

エンジ　次の背比べは、友達の多い数だ!!この背比べ、当たってるかな？
キティ　ええ？
ノートン　そういう事!!

少女３が大きな声を出す。
少女３は、サイラである。

サイラ　１２５人！
スノーディ　５８人！
リーズ　３６人！
リサ　４０人！
エンジ　惜しい！だが不正解だ！
タキシード　惜しかったね。だけど、また逢えたね。

タキシードは、いつの間にかリサの隣にいる。

リサ　やっちゃった。

タキシード　でも、次も逢えるといいね。

エンジ　ちなみにあんたの友達の数は？

タキシード　そういう付き合いは好きじゃない。

エンジ　……みんな、タキシードには気をつけろ。

全員　はーい！

キティ　じゃあ……

ドルダム　そう、この背比べは、ランダムに変わる。あのカードに、書かれているんだ。

エンジ　さあ、次の背比べだ。

ノートン　次みたいよ。

エンジ　それじゃあ行ってみよう!!5、4、3、2、1!!

全員がばらばらと動き出す。
真中に入るキティ。
隣には、サイラが並ぶ。
反対側には、トウィー・ドルディ。

ドルディ　また逢えたね。
キティ　ねえ……次が何の背比べかわからないと、並べないじゃない。
サイラ　あれ、聞いてない？
キティ　何を？
サイラ　この世界は、「逆」だって。つまり、聞く前に動く。動いてから聞くの、背比べの意味を。
キティ　でもそれじゃ、なかなか当たらないよ。
ドルディ　だからいいの、当たらなければ、その世界は永遠に続くから。
キティ　……。
タキシード　また、逢えたね。
リサ　またあなたね。
タキシード　今ライム刻んだ？
リサ　ううん。
エンジ　若干、ゲームに公私混同してる奴がいます。このままじゃ正解しません!!
ドルダム　ちゃんとやれよ。
タキシード　まだわかんないだろ。
サイラ　嫌なの？この背比べ。
キティ　……そんな事ない。
エンジ　タキシードを突き放せ!!もう一度、行ってみよう。

ドルディ　だったら、楽しい？
キティ　……楽しい。
エンジ　行くよ！5、4、3、2、1!!

笑うキティ。
全員がバラバラと動いて行く。
突然、飛び込んで来る少年。
ルークである。
その後ろには、ラスがいる。

ルーク　ちょっと……！
ラス　良かった!!まだ正解が出てなかったみたいね！
ルーク　ルールは？
ラス　やってればわかるわ。
リーズ　遅いぞ!!
ルーク　あ、あなた!?
リーズ　先回り！ほら、参加しないとゲームが終わっちゃうぞ、そしたら永遠に見つからない。
エンジ　君、参加するならもう一度やるよ。
ルーク　お願いします!!

エンジ　行くよ！5、4、3、2、1‼

ルーク、ラスも混ざり全員がバラバラと動き出す。
リサの隣に立つタキシード。
反対側には、キティがいる。

タキシード　よっ、楽しんでる？
キティ　あなたの方が楽しんでるみたい。
タキシード　そう？あ、また逢えたね。
ルーク　あ、すいません。

その間に入るルーク。

タキシード　……。
エンジ　おっと救世主が現れた‼

みんなの歓声があがる。
カードをめくるエンジ。

エンジ　次はこれっと……。
タキシード　やっぱり、こっちかな？
キティ　ちょっと……。

その隙に、キティの位置と入れ替わるタキシード。

タキシード　あ、偶然……。
リサ　セクハラよ。
タキシード　知ってる。
キティ　もう……。

蒸気機関車の音が強くなっている。
ルークが辺りを見渡している。
その音に、何故か反応するルーク。

キティ　どうしたの？
ルーク　あ、うぅん……みんな、笑顔だね。

汽笛の音が強くなる。

キティ　あ……また来たのかな？

ルーク　出て行ったんだよ、僕はあれに乗って来たから。

キティ　あなたも……？

ルーク　じゃあ……一緒の旅だね。

キティに笑いかけるルーク。

エンジ　あ、タキシード!!

タキシード　何!?

エンジ　また不正をしてる！もう一回やり直しだ!!

エンジのカードをめくる。

エンジ　それじゃあ行くよ！5、4、3、2、1……。

蒸気機関車の音が大きくなっていく。
その音に合わせて舞台、暗くなっていく。

★

舞台場面変わると、春の海辺。

暗闇の中で「1、2、3、4、5……」の声が聞こえる。

リキがいる。

ドルディ・ドルダム　6、7、8、9、10!!

ドルディ　はい、問題終わり。

リキ　えっと……。

ドルダム　何してるんだ、もう10まで数えたぞ。

スノーディ　……どうしたの？

リキ　今の音……。

スノーディ　何？

リキ　機関車の音……何か聞き覚えがあるんだよ……。

ドルダム　しかとか？

リキ　ちょっと待って……確かに。

スノーディ　機関車の音なんて誰でも聞き覚えあるわよ。

リキ　まあ確かにそうなんだけど……まあそうだよね。

ドルダム　まだか？

リキ　待ってて……!!

スノーディ　何か思い出でもあるの？

リキ　え？
スノーディ　何か機関車に乗った事があるとか、何かの約束をしたとか……。
リキ　……たぶん……だからだと思う。
スノーディ　何よ？
ドルダム　まだか……!!!
リキ　うるせえな、8……だから、8。虫のハチがいる。

スノーディと相談しているリキ。

ドルダム　……。
リキ　なんだろう……。
ドルディ　どうしたの？
ドルダム　……あいつは、天才かもしれん……。
ドルディ　そうでもないと思うよ。
スノーディ　思い出せないの？
リキ　うん……。
スノーディ　それじゃあ、悩んでてもしょうがないでしょ？今あんたがする事は、緑の少女を見つける事なんだから。
ドルディ　どうする？今度は私と謎かけをする？

スノーディ　ほら。
リキ　だよね……じゃあお願い。
ドルディ　わかった。
リキ　さっきのは、正解でしょ。
ドルディ　それはまだ言えないの。正解かどうかがわかるのは、この春の海辺を出る時だけ。次の季節に行く時だけだから。
リキ　……そうなんだ……。

リキはドルダムを見つめると、

ドルダム　正解かどうかは言えない。だがお前は、なぞなぞ王かもしれん……。
ドルディ　違う。じゃあ行くよ、きちんと正解してね。

スノーディと目配せをするリキ。

ドルディ　問題。何度も来るかもしれないし、たった一度しか来ないかもしれない。だけど必ず訪れる。来る前には、辛くて辛くてしょうがなくて、だけど来てからも、苦しいの。これって何？
リキ　え……あの……。
ドルディ　何？

リキ　いきなりハードルがめちゃくちゃ上がってませんか？

ドルディ　そう？

ドルダム　大丈夫、お前はなぞなぞの神様だ。

リキ　あんた黙っててくれ、あの……もっかいお願い。

ドルディ　もっかい……じゃあゆっくり言うね。……何度も来るかもしれないし、たった一度しか来ないかもしれない。だけど必ず訪れる。来る前には、辛くて辛くてしょうがなくて、だけど来てからも、苦しいの。これって何？

リキ　ええ……全然わかんねえ……。

ドルディ　さあ考えて、時間は短いよ。

リキ　……ＮＨＫの集金……

スノーディ　……。

リキ　何でもないです……何度も来るかもしれないし、たった一度しか来ないかもしれない……。

スノーディ　だけど、必ず訪れる……。

リキ　来る前には辛くて辛くてしょうがなくて……

スノーディ　来てからも苦しい……。

リキ　わかんねぇ……。

おもむろに客席を見つめるリキ。

スノーディ　助けを求めるな。

リキ　……だって……。

スノーディ　まあさ……別にいいんじゃないの？　間違えても。

リキ　そうだよね？　ハチ正解してるし……。

ドルダムを見つめるリキ。

ドルダム　……ミステリーマスター。

リキ　ってことは当てちゃ駄目だよ、緑の少女は見つからない。どっちかに勝って、どっちかに負けなきゃいけないんだから……。

スノーディ　んじゃいいじゃない。ちゃっちゃとやっちゃってよ。

ドルディ　それじゃああと10秒!!

ドルダム　せーの!!

蒸気機関車の音がする。

ディ・ダム　1、2、3、4……！

リキ　これ……やっぱりこの音……！

スノーディ　答えないと。

リキ　でも……

スノーディ　ほら、よそ見をしちゃ駄目。

ドルディ・ドルダム　8、9、10、さあ、正解は!?

リキが適当に答えようとした瞬間、

ドルディ　わからないわよ!!!

そのドルディの怒鳴り声にリキは驚く。

ドルディ　あなたにわかる筈なんかないじゃない……私じゃないもの……。

リキ　え……？

ドルディ　見られたくなんかない……こんなとこ、あなたに嫌われたくないもの。初めて心から思ったのに……。

それはドルディはなく、「誰か」のようでもある。

リキ　……君は……？

ドルディ　代われないから、私に代わるなんてできないから助けないで。その代わり、こっから逃げさせてよ！　逃げ出す方法を教えてよ!!

呆然とするリキ。

機関車の音が鳴り終わる。

途端に笑顔のドルディとドルダムに変わる。

ドルダム　さあ、答えて。正解は？

リキ　今のは……何……ねえ何!?

ドルディ　何の事？

スノーディ　……どうしたのよ？

リキ　だって彼女は今……

スノーディ　何の事？

リキ　……え？

ドルダム　早く答えるんだ、なぞなぞ王！

陽気に微笑むドルディとドルダム。

リキ　そんな……。

ドルディ　さあ、正解は？

リキ　……。

スノーディ　間違えちゃえばいいじゃない。緑の少女を見つけなきゃいけないんだから。

リキ　……。

ドルディ　答えられないなら不正解、残念でし……

リキ　待って……!!

　　　　リキは顔を上げる。

リキ　「恋」だよ……それは、「恋」だ……。

　　　　静寂が訪れる。
　　　　リキは、かすかに何かを想い出している。

ドルディ　……。

リキ　……何度も来るかもしれないし、たった一度しか来ないかもしれない。だけど必ず訪れる。
　来る前には、辛くて辛くてしょうがなくて、だけど来てからも、苦しいのは……恋だ……。

ドルディ　……正解。おめでとう。

　　　　携帯の音が鳴る。

リキ　え……。

ドルダム　二つとも正解。そしてこの春の海辺のゲームも終わりだよ。クイズマスター。

スノーディを見るリキ。

スノーディ　当たり前でしょ、当てちゃってるんだから。ほら……。

リキ　あ……。

携帯を見るリキ。

そこには、新しいメッセージが届いている。

リキ「秋の雪を見て勘違い　すれ違った時に呼び止める　たった一人が緑の少女」

スノーディ　秋の雪ね……あーめんどくせー肩もいてー。

リキ　……行くんだ。

スノーディ　当たり前でしょ、さっさと行く。終わらせたいんだから。

ドルディ　楽しかった、またね。

スノーディに連れられ、リキはその場を後にする。

ドルディ　さてと……楽しかった。

ドルダムがドルディを見つめている。

ドルダム　どうしてあんな事を言ったの？

ドルディ　……何の話？

ドルダム　ヒントを与えたよ。

ドルディ　あなたと私の違いを知ってる？……私は目で見たものを信じる。あなたは心を信じる。

ドルダム　……ああ。

ドルディ　どっちが正解で、どっちが不正解かもわからない。そうでしょ？

扉を見つめるドルディ。
そこからゆっくりとサダムが入って来る。

サダム　……そうだね。

ドルダム　だけど、あの子は正解したよ。ちゃんと……一つに勝って、一つに負けた。

サダム　どうして？

ドルダム　言ったでしょ、僕は嘘つきだって。僕は出題者じゃないからさ。問題を出してたのは一緒にいた女の子。ちゃんと聞いたよ、この音に思い出があるかって……。

サダム　そうか……。

ドルダム　……彼はその問いに負けて……彼女の恋に正解した。緑の少女は、ちゃんといたのにね。

微笑むドルダム。

ドルダムは、心を込めてドルディの肩を叩く。

ドルディ　……お兄ちゃん!!

驚くサダム。

ドルダムはその場を離れて行く。

★

それは、サダムの大切な想い出。

ドルディ　お兄ちゃん……来てくれたんだ！

サダム　……ああ。

ドルディ　嬉しい。ありがとう。

サダム　もう……外に出てもいいのか？

ドルディ　うん。もうしばらくしたら、退院できるって……ほら、体もこんなに動くよ……。

サダム　あんまり無理しちゃ駄目だ。
ドルディ　……大丈夫、先生がね、完璧に成功したって言ってたから……手術。本当は不安だったけど……今ね、わかるの。治ってるって……！
サダム　そうだな……先生も言ってたよ。頑張ってくれたって。
ドルディ　お兄ちゃんのおかげだよ。ありがとう。
サダム　どうして？
ドルディ　たくさんたくさん、お金かかったんでしょ、ごめんね。私、お兄ちゃんがいてくれたから、生きていけるんだもん。
サダム　……お前は、たった一人の妹なんだよ、何だってするさ。
ドルディ　だからお兄ちゃん、大好き。

下を向くサダム。

サダム　こんなの……こんなのもうやめてくれ……。
ドルディ　どうしたの？……お兄ちゃん、どうしたの？

リサが入って来る。

リサ　疲れてるのよ、お兄ちゃんは。

サダム　……リサ。

ドルディ　リサ!!

リサに抱きつくドルディ。

リサ　ほら、あんまりはしゃいじゃ駄目。まだ終わったばっかりなんだから。

ドルディ　もう、大丈夫よ。

リサ　退院したら、いっくらでも遊べるから、今は我慢、ね。

ドルディ　はーい。

リサ　先生が呼んでるから、先に病室に戻って、ね。

ドルディ　わかった、あ、ねえお兄ちゃん、お願いがあるの。

サダム　……何だい？

ドルディ　治ったら三人で、原っぱに行きたいの。

リサ　原っぱ？

ドルディ　そう、緑いっぱいの原っぱ。そこで、思いっきり走ってみたい。気が済むまで、疲れてそこで眠ってしまうくらいずうっと……。行ってみたいの。

顔を見合わせるサダムとリサ。

ドルディ　……駄目？

サダム　じゃあ約束だ。連れて行くよ。

ドルディ　よし。

笑顔でその場を離れて行くサダム。

リサ　……大丈夫？

サダム　どうして？

リサ　何か、辛そうな顔をしてるから。

サダム　大丈夫だよ。

リサ　どんなに忙しくても、何かあったら言って。私は傍にいたいから。

サダム　……リサ。

リサ　なんかね……あの子の気持ちと一緒。おかしいわね、夫婦なのに。

サダム　……俺も一緒だよ。君に逢いたい。

リサ　……ありがとう。見つけてくれて、良かった。

サダム　どういう意味？

リサ　あなたに見つけてもらったから……私、幸せだもの。

サダム　……そんな事……言わないでくれ……お願いだから……。

リサ　ねえ……大丈夫……あなた、大丈夫？

下を向くサダム。

サダム　……どうして……どうしてこの想い出は……消えないんだ……。

リサが優しく話しかける。

リサ　……あなた、大丈夫？

サダム　あの子は助からないのに……リサを幸せにしてやる事もできないのに……。

リサ　あなた……。

下を向くサダム。

舞台ゆっくりと暗くなっていく。

暗闇の中、携帯の音が鳴り響いていく。

ACT 3

舞台明るくなると、場面は冬の森へ移っていく。

ルーク　え……。
キティ　あれ……。

明るくなると、あれほど騒いでいた皆はいない。
いるのはタキシードとラスだけである。

キティ　みんなは……?
ラス　もういないわよ。
ルーク　どうして?来たばっかりなのに。
タキシード　終わりだって事、くそ、せっかくリサちゃんと楽しんでたのに。

エンジが入って来る。

エンジ　さあ帰った帰った……冬の森でのゲームは終わりだよ。
キティ　あの……もっとやりたいです……折角背比べのルールがわかったのに……。
エンジ　じゃあ終わるまでやる？
キティ　……うん。
エンジ　永遠に終わらないゲームなんて、つまらないわよ。

冷たい表情のエンジに、キティは少し戸惑う。

キティ　……。
ルーク　わかった。だけど、どうしていきなり終わったの？それだけは教えてよ。
ラス　誰かが緑の少女を見つけたの。

驚くキティとルーク。

ルーク　え……そんな……!?
タキシード　そういう事。緑の少女が見つかれば、この世界は終わり、聞いてないのかよ。
ルーク　……いや……。
キティ　ねえ、それ何の話？

タキシード　君は関係ないから気にしないで。あーあ、リサちゃん、俺に恋をし始めてたところなのに。
エンジ　してない、タキシード、早く帰れ。
タキシード　嫌だね、帰るにも次の場所がわからねえもん。まだ届いてないんだから。

携帯の音が鳴り響く。

ルーク　あ……。

慌てて携帯を取るが、ルークの携帯は鳴っていない。

ルーク　え、どうして……？
ラス　あなたのじゃないわ。

キティは携帯を取り出す。
鳴っているのは、キティのものである。

キティ　これ……。
エンジ　ほら、きたみたいよ。

タキシード　ちぇっ……。
ルーク　ちょっと……見せて……。

画面を見つめる二人。

二人　「秋の雪を見て勘違い　すれ違った時に呼び止める　たった一人が緑の少女」
エンジ　それじゃあ、秋の雪に行っといで。じゃあね。
キティ　え？
エンジ　冬の森は、もう終わりだ。楽しかったよ。
ルーク　ちょっと待って、僕はまだ……

携帯が鳴り響く。

エンジ　きたみたいだよ。じゃあね。

エンジ、その場を離れて行く。
携帯を見るルーク。

ルーク　「夏の鏡で　扉を見つける　開けてくれたのが　緑の少女」

顔を見合わせるキティとルーク。

ラス　それじゃあ、私達も行くとしますか。

タキシード　あーあと、担当、お前だっけ？

ラス　前の担当、拒否されて替わったの。

タキシード　そりゃひでえや。さあ行くよ、お嬢ちゃん。

キティ　……。

タキシード　……どうしたの？

キティ　……私、行きたくない。

タキシード　おいおい。そんなわけいくかよ、せっかく届いてんだから。

キティ　でも……秋の雪には行きたくない……。

タキシード　……どうして？

キティ　なんとなく……。

タキシード　なんだそれ!?

ラス　あんたも大変ね。さっ、行きましょ、夏の鏡に案内するわ。

ルーク　……。

ラス　あなたまでどうしちゃったのよ？

ルーク　なら、僕が行くよ。その秋の雪へ。

キティ　え？

キティの携帯を手に取り、自分の携帯を渡すルーク。

タキシード　何やってんだお前⁉

ラス　そうよ、そんなの駄目よ。

ルーク　緑の少女を見つければいいんだから、ルールはそうなんでしょ？ならこっちにも書いてある、問題はないじゃない。

ラス　ちょっと……。

ルーク　僕が……代わるよ。そして君は夏の鏡に行く。それならどうだい？

キティ　……あなたが代わる……。

ルーク　行きたくない？

キティ　ううん……行きたい。

ルーク　じゃあ、そうしよう。

タキシード　おいおい……。

ラス　勝手に決めないでよ！そんなの私は許さないわ‼

ルーク　じゃあ担当を替えます。そうしてください。

ラス　何言ってるの？

ルーク　できますよね？さっきできたんだから。

ラス　ふざけないで！

ルーク　あなたは僕に嘘をついた。これを持たされたのは一人だと。この不思議な世界で選ばれたのはたった一人だと……。

ラス　……それは……。

ルーク　わからないのと騙すのは、違いますよね？

ラス　……。

嬉しそうに飛び込んで来るリーズ。

リーズ　そう言う事だ……！担当復活!!

ラス　……あんた。

リーズ　良かった……あとくっついてて……影からこそっと見てて……。

ルーク　お願いします。

ラス　何よ……。

リーズ　よっしゃ！バトンタッチ!!

リーズとバトンタッチしてその場を離れるラス。

リーズ　さあ、秋の雪へ行こうじゃないか。

ルーク　そういう事になったから。
タキシード　……行くよ、お嬢ちゃん。
キティ　いいの？
タキシード　俺も外されたんじゃ、かなわないからね。
キティ　ありがとう……。

ふと、寂しげな表情を見せるルーク。
それが何を意味するかは、わからない。

ルーク　……。
キティ　どうしてそんな顔をするの？
ルーク　あ、ううん。それじゃあ……。

互い違いの方向に歩き出すルークとキティ。
キティが呼び止める。

キティ　あ、待って……!!もしかして……私とあなた、逢った事ない？
ルーク　……。
キティ　そんな気がするの。

ルーク　……僕も、そんな気がする。

見つめ合うキティとルーク。

キティ　私ね……おんなじ事を言われた気がするの、あなたに。僕が代わるよって……。
ルーク　……そうだっけ？
キティ　……うん。でもね、私はその時反発しちゃうの……代われないって……あなたに代わることなんてできないって……そんな事なかった？

ルークははっきりと、優しく言う。

ルーク　……その時の僕は……きっと僕じゃないよ。
キティ　……。

互いに離れて行くルークとキティ。
タキシードとリーズもまた互いの方向へ。

★

場面変わって、景色を見つめているキアリがいる。
入って来るノートンとサイラ。

キアリ　……。

サイラ　途中で終わっちゃうなんて、つまらないですよね、先生。

ノートン　そうね……どうしたんですか？

キアリ　ごめんなさい……現実と幻想の折り合いがつかなくて……。

ノートン　夢なんて、そんなものですよ。あり得ない事がいっぱいあるでしょ。自分の思考のいいように、滅茶苦茶な場所で逢う筈のない人が逢ったり、あり得ない力を持っていたり……。

キアリ　はい……。

ノートン　でもこれは、あなたの夢なんですから。

サイラ　……そうよ、だから姉さんも参加すれば良かったのに……。

キアリ　……そうだったわね。

ノートン　お話ししてください、あなたは何の夢を見たんですか？

キアリ　タキシードを着た青年が、私の目の前に現れるんです。緑の草原で緑の服を着た思い出という少女が、待ってるって……そして、娘を連れて行くんです。私が拒んでも、何度でも……。

ノートン　思い出という少女……。

サイラ　……姉さんは、どうしたの？

キアリ　最初は拒んだ、だけど途中から、諦めたわ。だってあの子が、行きたがってるから……。

ノートン　……娘さんは、学校で……いじめられていたと聞きました。

サイラ　私が……話したわ。治療の為だもの。

キアリ　いいのよ……。そうです……いじめられていました……そしてあの子は、あの大きな木の下で、自殺未遂を……。

ノートン　その夢を見たのは……？

キアリ　その日からです……だから、私はあなたの元へ来ました。あの子を、救いたいから……私は母親だから……。

ノートン　なら、答えは簡単よ。探しましょう、そのタキシードが言うように、緑の少女を……。

キアリ　え……？

ノートン　あなたにとっての緑の少女は、娘さんでしょ。

キアリを促すノートン。
キアリはその場を離れて行く。

ノートン　……サイラ、明日からはあなたが頑張りなさい。

サイラ　先生……。

ノートン　この不思議な世界は、「再生」の物語よ。現実を生き抜いていく為の……そして明日からの現実を助けるのが、かけがえのない、「家族」よ。

サイラ　……はい。

ノートン、サイラもキアリの方向へ歩いて行く。

★

場面変わって、リキとスノーディが歩いている。
リキは立ち止まり、携帯を見つめる。

スノーディ　どうしたの？
リキ　……あ、いや……鳴ったような気がした……。
スノーディ　そんなわけないでしょ。
リキ　うん。
スノーディ　よし、と。
リキ　……ここ、秋の雪？
スノーディ　すぐそこよ、あそこ。もうちょい頑張るだけ。

動かないリキ。

リキ　あのさぁ……どうして、僕は傘を持ってるのかな……。
スノーディ　何よ？
リキ　それと、これ……帽子と……マフラー。どうしてだろう……。
スノーディ　……よく立ち止まる男ね。
リキ　思い出がある気がするんだ。だから、僕は持ってる気がするんだ……これは何だろう。

スノーディ　思い出せなかったじゃない。
リキ　え……？
スノーディ　さっき聞いたよ。だけどあなた、思い出せなかったじゃない。
リキ　……そうだけど。
スノーディ　それよりも今はこっちの方が先、この崖を越えれば、秋の雪よ。

遠い先の風景をリキとスノーディは見つめる。

リキ　どうやって行くの？
スノーディ　簡単よ。飛べばいいの。
リキ　飛ぶって……この崖を……。
スノーディ　そう。飛ぶ気持ちで、この崖を越えよ。
リキ　そんなの無理だよ。
スノーディ　……無理じゃない。それを望んでたんじゃないの？
リキ　……どういう意味？
スノーディ　あなたは緑の少女に逢いたいんでしょ？この崖を飛び降りたら、きっと逢える。
リキ　無理だよ……僕には荷物も多いし……。
スノーディ　じゃあ捨てなよ。その荷物を捨てなよ。全ての荷物を捨てて。そしたら楽だよ。そしたらあそこまで一緒に行ける。彼女に逢える。

リキ　荷物を……捨てる……？

スノーディ　そう。早く決めて、肩が痛いから……。

リキ　……どうしよう……。

スノーディ　怖いの？

リキ　正直……怖い……。

スノーディ　決められないなら、私が手を引いてあげる。一緒に、この崖を降りよう。

リキ　……。

　　スノーディはリキの手を引く。
　　そのまま崖の前に立つ二人。

リキ　このまま行ったら死んじゃうよ？

スノーディ　うん。でもそれは、悪い事じゃないよ。

　　手を繋ぎ、歩き出す二人。
　　ゆっくりと。ひとつひとつ。
　　――だが、リキはその場を立ち止まる。

リキ　……やっぱり、やめとく。

スノーディ　……どうして？

リキ　行ったら……もう引き返せない気がするから……それに、大切な事は……もう人に委ねちゃ……駄目なんだ。

スノーディ　……そう。

微笑むスノーディ。

雪がゆっくりと降ってくる。

リキ　これ……もしかして……ここ……。

――その場所は、秋の雪。

しんしんと雪が降っている。

その場所に入って来るルークとリーズ。

ルーク　ここが……秋の雪……？

リーズ　そうだ……。

目が合うリキとルーク。

二人　君が……想い出の少女？

互いの言葉に驚く二人。

携帯が鳴り響いていく、慌てて取る二人。

二人「夏の鏡で　扉を見つける　開けてくれたのが　緑の少女」

互いの携帯には同じ言葉が届いている。

リキ　君は……？

ルーク　……僕？

二人　……どうして？

スノーディ　って事は、この場所に、緑の少女はいないわよ。

リーズ　行くか、夏の鏡まで……案内するけど……。

携帯を見つめるリキとルーク。

飛び出しその場を離れるリキ、立ち止まるルーク。

リーズ　ちょっと……おい!!お前は……？

ルーク　……あとからすぐ行くよ。僕は、追いつける。
リーズ　よっしゃ……！

リキを追いかけるリーズ。

スノーディ　……あなたは一緒に飛ぶ？
ルーク　……いいや、僕は生きていく為に、ここにいるんだから。その為に緑の少女を探しに来たと思うから。
スノーディ　……出来の良い方ね。
ルーク　一緒です、僕らは……。

その場を離れて行くルーク。
ふと立ち止まり、

ルーク　あなたの肩が痛いのは……背負ってるものが多いから……？
スノーディ　そうよ。私は荷物を……全部抱えて行くから。

微笑むスノーディ。
笑うルーク、その場を離れて行く。

ゆっくりとサダムが入って来る。

サダム　……どうして、二人が逢う？そんな事はなかった筈だ。

スノーディ　……あの子は自分で選んだからよ、人に委ねず……。

サダム　……。

スノーディ　あなたも……そろそろ扉を開けなさい。

ラスが入って来る。

ラス　そうよ……本来の私の担当は、あなたなんだから。

サダム　……馬鹿を言うな。

ラス　そうよ。だから想い出を見せてもらうわよ、消えない想い出を。

場面は突然に変わる。

★

それはサダムの大切な想い出。

スノーディ　どうして!?どうしてそんな事をしたの!?相談もなしに……。

サダム　……。

スノーディ　どうして⁉

扉を開けて入って来るのは、ドルダム。
サダムに書類を渡すドルダム。

ドルダム　この書類にサインをするだけでいいんだ。絶対に、この事業は成功する。
サダム　……本当か?
ドルダム　ああ。もう少しだ、絶対に復活するぞ、俺とお前は……。
サダム　……。
ドルダム　もう少しでお前が融資してくれた金も返せるんだ。頼む……俺達は、親友だろ。

サダムはゆっくりと書類にサインをする。

ドルダム　ありがとう。金が入れば……妹さんも助かる。良かったな……。

ドルダムはその場を離れて行く。

スノーディ　どうして……サインなんかしたの⁉あなたはきっと騙されてるの！
サダム　……あいつは、学生時代からの親友だ。

スノーディ　騙されてるわ!!あなたとここまで事業を大きくしてきたのは私よ！親友じゃない!!
サダム　……金がいる。妹はこのままじゃ、治らない……金を用意しなきゃ……助からない病気なんだ……。
スノーディ　だからって……。
サダム　……勝手に決めて……すまない……。
スノーディ　失敗したら……終わりよ……私も……あなたも……今までの事も……。

立ち去るスノーディ。
舞台ゆっくりと暗くなっていく。

★

舞台明るくなると、タキシードとキティがそこにいる。

キティ　ここ……夏の鏡……？
タキシード　違うよ。
キティ　じゃあここは……。
タキシード　行く前に、確認しておきたい事があったから。合言葉は、ちゃんと覚えてるよね？
キティ　……覚えてるわ。
タキシード　なら、問題ない。
キティ　ねえ、本当にわかるの？世界の扉を最初に開けたのは誰かって……。

タキシード　わかるよ、というか答えはもう出てる。君もわかってるじゃないか。

キティ　……わからないわよ、何言ってるの。

タキシードは当たり前のように、

タキシード　君だよ。

キティ　え？

タキシード　扉を開けて、最初に世界におはようを言ったのは、君じゃないか。

キティ　……そういう意味じゃないわ。最初の意味が違う。

タキシード　同じ意味だよ。

キティ　じゃあ……じゃあ世界に色をつけたのは、物語を始めたのは誰よ？

タキシード　決まってるじゃないか、世界に色をつけてくれたのは、「母親」だよ。

キアリが入って来る。

キティ　……お母さん。

キアリ　……いた……。

タキシード　あーあ、来ちゃ駄目だって言ったのにさ。

キティ　ねえお母さん、今からね、夏の鏡に行くの……お母さん、行かない？

キアリ　……行かないわ……その代わり……一緒に帰ろう。

キティ　……え。

キアリ　お願い……お母さんと一緒に、帰ろう。

キティ　駄目だよ……私、まだ夏の鏡に行ってないもの……。

タキシード　そういう事、余計な事をされても困るんだよね。

キティ　お母さんも行こうよ、一緒に……夏の鏡に……。

キアリ　私は……。

飛び込んで来るリキ。
キティと目が合う。

リキ　……君……。

キティ　……どうして……どうして……来たの？

リキ　僕は……。

キティ　来ちゃ駄目だよ……来ないでって言ったのに……。

リキ　わからないけど……だけど……君に、逢いたかったから……。

キティ　そんな帽子いらないから……帰ってよ!!

キティはその場を走り去って行く。

キアリ　……キティ!!
リキ　待って！
タキシード　ああもう……。

追いかけるリキとタキシード。
キアリは追いかけるのをためらう。
ノートンとサイラが入って来る。

ノートン　……行かないんですか？
キアリ　……もう帰りましょう。止めても、繰り返すだけですから。また娘は、この世界に連れ去られますから。
サイラ　……姉さん。
キアリ　もう帰りましょう……。
ノートン　駄目です。あなたは行かなければならない。行って娘さんを見てあげてください。
キアリ　どうして？
ノートン　彼女は……もうこの世にいないからです。
キアリ　……え？
ノートン　娘さんはあの日……亡くなった。あなたはそれを受け入れなければならない。

キアリ　……そんな。

ノートン　これは……あなたの為の世界ですよ。娘さんじゃない……。

舞台ゆっくりと暗くなり、暗転していく。
夏の音が残酷に響き続けている。

★

突然の光。
明るくなると、サダムがそこにいる。

サダム　私は……!?

辺りを見渡すサダム。
白衣を着たラスが走って来る。

ラス　……ここに、いましたか……。

サダム　ここは……どこですか!?私は……何を……!?何をしていたんですか!?

ラス　……落ち着いて……聞いてください。……あなたは、助かったんです。

サダム　……私が……。

ラス　パートナーの方から、伺いました……事業に失敗したと……そしてあなたは、車ごと崖から海へ飛び込んだ。

サダム　……。

ラス　もうこんな事は……二度としないでください。奥さんと……妹さんの為にも……。生きる事で……彼女達へ、償ってあげてください……。

サダムは何かを思い出す。

サダム　……ちょっと……ちょっと待ってください……まさか……。

ラス　二人は……申し訳ありませんが……助かりませんでした。

崩れ落ちるサダム。

エンジが入って来る。

エンジ　そろそろ行くよ……夏の鏡へ。お前が望んだ物語なんだから。

震え、嗚咽するサダム。

サダム　なんで俺だけ……なんで……なんで……。

舞台再びゆっくりと暗くなっていく。

★

場面変わると、そこは夏の鏡。
キティが飛び込んで来る。

キティ　……。

追いかけて来るのは、リキ。

リキ　待ってよ……ずっと君を……探して来たんだから……。
キティ　来ないでよ……来ちゃ駄目なの。
リキ　そんな事言わないでよ……もう来たんだから。
キティ　それが私の願いなの!!
リキ　わかってるよ!!だから……来たんだ。
キティ　え……?
リキ　もう僕は君と一緒にいる為に来たんじゃないんだ。もう……委ねない。
キティ　……それじゃあ……。

ゆっくりと、ルークが入って来る。

ルーク　ここは、鏡の国だよ……君が好きだったアリスの物語と一緒だ。

キティ　……。

リキ　僕らは……一緒だから。

ルーク　あの雨の日に君を失ってしまった僕らは……どこに行けばいいのか迷った。

リキ　君を失くし……死のうとする僕と。

ルーク　生きようとする僕で。

リキ・ルーク　だけどね……。

ルーク　もう一つになるよ……。

リキ　僕らは……扉を開けなきゃいけないから……。

キティ　……そう……なら……どうして来たの？

ルーク　忘れたの……？君が欲しいって言ったんだよ。君のくれたこのマフラーの代わりに、僕の帽子を。

キティ　……そうだったね。

帽子を取り、キティに歩み寄る二人。

キティ　どっちの帽子をもらえばいいの？

リキ　どっちでもいいよ、一緒だ。

キティ　じゃあこっち。

ルークの帽子を取るキティ。

ルーク　僕の勝ちだね。

リキ　一緒だぞ。

キティ　あなたにはこの傘をもらうわ。

微笑むリキ。

リキ　駄目だよ、この傘は……置かなきゃいけないから。あの雨の日に咲いた花と同じように……。

キティ　そうだった……。

機関車の音が鳴り響いていく。
三人は音を聞く。
優しく、優しく。

ルーク　一人で行って来るよ……想い出を噛みしめながら、約束したあの機関車旅行を……。

キティ　……うん。

キアリが入って来る。

キアリ　……。
キティ　お母さん……大丈夫？
キアリ　……大丈夫よ。お母さんちゃんと見てたから……今見てたから。
キティ　私はこの世界に残るけど……大丈夫？
キアリ　今度はお母さんが……頑張るわ。

タキシードが入って来る。

タキシード　そろそろ終わりにするよ、用意はいいかい？
キティ　じゃあ……。
二人　やろうか……。

傘を置く二人。
それは、綺麗な花のようでもある。

キティ　お母さん……この花の花言葉って知ってる？

キアリ　……はなむけよ。

キティ　素敵ね……じゃあみんなの為に……私が扉を開けてあげる。私からのはなむけよ。

タキシード　合言葉は……？

キティは笑顔で、

キティ　大好き。

舞台、大きな雨が降る。

雨の中……笑っている人達。

舞台、ゆっくりと暗くなっていく。

★

一つの光。

傘を見つめ、寂しく微笑むサダムがいる。

サダム　これでいい。良かったね……。

雨の中、ゆっくりとリサが入って来る。

それはサダムの最後の想い出。

サダム　ハッピーバースディ……リサ。一緒に……死んでくれるか？
リサ　言ったでしょ……私は、あなたに何処までもついて行くって。
サダム　……ごめんな。

歩き出す二人。
だがリサは途中で立ち止まる。
――驚くサダム。

リサ　だけど……だけどね……いいんだよ……人は何度でも……恋をするんだから……。
サダム　……。

それは想い出ではなく、リサの言葉である。
リキとルークが入って来る。
二人はサダムを見つめている。

リサ　……この子達が、そう教えてくれたじゃない……あなたの優しさは、自分を苦しめる為にあるんじゃないから……。
リキ　それは……扉を開ける為にある花だから……。

サダム　君達は……。

ルーク　渡したいものがあるから……だから押し問答はもうやめてよ。

リキ　そうでしょ？

リキ・ルーク　ハンプティ・ダンプティ。

笑う二人。

二人は、サダムに帽子を被せる。

リサに傘を渡すと、ゆっくりと歩き出す。

リサ　……ありがとう。ねえあなた……いつでも、あなたの味方よ。

歩き出すリサ。後ろには、ドルディがいる。

ドルディ　そうだよ、お兄ちゃん。頑張ってね。

リサ　ねえあなた……大好き。

舞台ゆっくりと暗くなっていく。

傘は優しく、咲いている。

EPILOGUE

舞台明るくなると、パンフレットを見ているノートンがいる。
入って来るサイラ。

サイラ　先生……無事、駅まで送って来ました。
ノートン　そう。なら、あなたにも休暇をあげるわ……一緒に行ってあげなさい。
サイラ　……でも……。
ノートン　何言ってるの……明日は私の結婚式よ、お姉さんを連れてすぐ戻って来るの。
サイラ　はい。……先生、ありがとう。それから……ごめんなさい。

立ち去るサイラ。
ノートンは、パンフレットから一つの手紙を開け、ゆっくりと読み始める。
噛みしめるようにひとつひとつ。
——その場所に、サダムが入って来る。

サダム　……それが……私の……全てだ……。

ノートン　……。

サダム　君と一緒にいる資格は……ないかもしれない……。

精一杯微笑むノートン。

ノートン　……10年も前の話でしょ……それにね、人は何度でも……恋をするのよ。

サダム　……ありがとう。

置いてある『鏡の国のアリス』の本を手に取るサダム。

ノートン　それ……私が子供の頃、大好きだった本。久しぶりに読みたいと思って……。

サダム　鏡の国のアリス……。

ノートン　アリスって……何処にいるんだろうね……。

サダム　それがわかったら……世界は面白くないさ。

携帯を置くサダム。
ゆっくりとその場を去ろうとする。
携帯の音が鳴る。

不思議な世界の住人達がやって来る。
それぞれの手に、携帯電話。
携帯の音が止まる。
それは、アリスからのメッセージ。

全員　その扉を開ければ、見える事がある。その扉を開ければ、待っている花がある。その扉を進めば……いつかは会える。いつかは……会える。花言葉は……『はなむけ』。だから返信するよ、アリスへ。現実を、この世界を生き抜く為に。

送信する全員。
タキシードが飛び込んで来る。

タキシード　アリス！

全員　ゲームスタートだ。

扉が光り輝く。
それぞれに生き抜く姿。
輝きを、祈るように。

完

GOOD-BYE JOURNEY《グッバイジャーニー》

登場人物

ジャンヌ……ドムレミ村の羊飼いの少女。救世主としてフランス軍に召抱えられる。

ジル・ドレ…フランス軍の総指揮官。ジャンヌをドムレミ村から連れ出す。
オリヴィエ…フランス軍の女剣士。ジャンヌの登用に反対している。
ジャン………フランス軍の剣士。
アラン………フランス軍の参謀。
リング………フランス軍の兵士。
ロベール……フランス軍の兵士。
ミザリ………フランス王直属の大臣。
サイリアス…オルレアンの戦士。

イリア………ジャンの妻。
ニーナ………イリアの妹。重い病気を患っている。
ポーラ………シノンの町娘。
ラ・イール…ジャンヌの幼馴染。

ラングレン…イギリス軍捕虜。

パサド………教会の神父。
シャルル……フランスの王。

——舞台は一人の少女との出逢いから。誰よりも国を愛した男と、誰よりも春を見たかった少女の物語。

「春を見せます。さよならではない、新たなる旅の始まりを」

これは、何時かの時間、何処かの国での、誰かの物語。
ひとつの国の、たったひとつの春。
誰もが願った暖かさを、夢見て生きた全員の物語。
１００年の重みに隠された、孤独な氷の世界。
その中で光を見つけた魔女と全員の物語。

たったひとりの聖女の想い出のように——

PROLOGUE

舞台まだ暗い。さっきまで鳴り響いていた軽快な音楽は鳴り止み、辺りは深い闇に包まれる。闇の中から小さな歌声が聞こえる。

光はゆっくりと降りてくる。

そこに一人の少女。

花を摘みながら歌を歌っている。

その場に入って来る一人の男。

しばらく少女を見つめ、そしてゆっくりと声をかける。

男　綺麗な歌だね……。

少女は驚いて振り返ると、男は優しく語りかける。

男　……何をしているんだい？

少女　花を摘んでいるの。

男　そうか。

少女　暖かくなってきたから……花も喜んでるみたい。

男　でも摘んでしまったら、可哀相だね。

少女　そうだけど……だけどしょうがないの。これだけ……。

男　これだけ？

少女　そう。これだけね……向こうのお墓に届けてあげるの。だからその分だけ。

男　……。

男は少女を見つめている。

少女　あなた、見ない顔ね。

男　そうだね。

少女　私の事知ってるの？何処かで会った事、ある？

男　いや……。

少女　変なの……。あんまりぼーっとしてるね、魔女にさらわれちゃうよ。

男　……魔女？

少女　そう。魔女っていうのはね、姿かたちを変えて人をさらっちゃうんだって。冬が大好きで、
この国をずっと氷の世界にしてたんだから。

男　……そう。

少女　悪い奴よ。あなたも気をつけるんだよ。今は処刑されたからいないけど、いつ戻って来るかわからない。何て言ったって魔女なんだから。
男　戻って……か。
少女　そうよ。魔女だもん。
男　そうなったら……嬉しいね。

男の思いがけない言葉に、少女はキョトンとする。

少女　変なの……。私行くね。
男　ねえ……その花、僕が持って行くよ。駄目かな？
少女　……あなたが？
男　うん。駄目？
少女　えっと……

少女はふと迷うが、

少女　……やっぱり私が持って行く。
男　どうして？
少女　……なんとなくそう思うから。

男はその言葉を聞いて、優しく微笑む。

男　そっか。あ、それともう一つ……。

少女　何？

男　さっきの歌……あれは……

少女　あれ……羊飼いの歌よ。羊と一緒に山で歌うの。知らないの？

男　いつも歌ってるの？

少女　うん。だって……春だもん。

少女は、その場を駆け足で過ぎ去って行く。
それをゆっくりと見つめ、

男　……今の言葉が……さよならの場所だね。聞こえたか……春だぞ。聞こえたか？……ジャンヌ。

微笑む男。
一人の少女が十字架に祈りを捧げている。
名を「ジャンヌ・ダルク」。
その背中を見つめる男。

男の名を、「シャルル」。
雷鳴が鳴り響き、ジャンヌはその場からゆっくりと歩き出して行く。

★

一人の女が駆け込んで来る。
名を「オリヴィエ」。
後を追うようにいま一人の男。
名を「アラン」。

オリヴィエ　王よ！それはつまり……この国を捨てると言う事ですか⁉
シャルル　そうではない。
オリヴィエ　同じ事だ。どうしてここに来てそんな迷信じみた事をするんです！
アラン　やめろ。
オリヴィエ　一人の女で戦に勝てるなら、この戦争はとっくに終わってるはずだ。なのに今更何にすがるつもりですか⁉
アラン　やめろ‼王の決めた事だ！
シャルル　春が見たい。

驚く二人。

オリヴィエ　……どういう意味ですか？

シャルル　終わらせるだけじゃない……新しく始める為の場所。全てを洗い流す春を見なければならない。

アラン　……王。

シャルル　その場所を見せる事ができるのが、救世主だ。

一人の男が入って来る。
名を「ジル・ドレ」。

ジル・ドレ　私が行きましょう。

オリヴィエ　……お前……。

ジル・ドレ　ドムレミという小さな村に、天の声を聞いたという少女がいます。

シャルル　一刻も早くその女をここに連れて来い。オルレアンを解放する。

オリヴィエ　王!?

シャルル　旅の終わりを、そしてさよならを告げる救世主だ。お前の命を以ってその女をここへ。

ジル・ドレ　わかりました。

シャルル　ジル・ドレに代わり、全軍の指揮を。

アラン　はっ!!

アラン、その場を後にする。

オリヴィエ　……王よ。今この男を外せば我が軍は……

シャルル　お前がいる。大丈夫だ。

オリヴィエ　そんな事を言ってる場合ではない！

ジル・ドレ　三日で戻る。それがこの国の新しい始まりだ。

ジル・ドレ、その場を後にしようとする。

シャルル　待て……その女の名は？

ジル・ドレ　……ジャンヌ・ダルク。

雷鳴が鳴り響く中、ジル・ドレはその場を後にする。

オリヴィエ　……王よ……たかだか一人の女にそんな事ができると……本当にお思いですか。

シャルル　……お前はジャンヌと共に歩め。その救世主が生きるも死ぬもお前次第だ。「共に墓まで」、忘れるな……。

オリヴィエ　……それはご命令ですか。

シャルル　そうだ。

オリヴィエ　……ならば教えましょう。この長き冬の幕開けを。

オリヴィエ、その場を後にする。
シャルルは、丘の先を見つめる。

★

雷鳴と共に激しい音楽が鳴り響く。
一人の男が戦っている。
名を「ジャン」。
その傍らにいる男。
名を「リング」。

リング　隊長――!!
ジャン　ちょっと黙ってろ!!
リング　これじゃまずいです!!本当にまずいですよ！
ジャン　わかってるよ!!
リング　降伏しましょう！命だけは助かります。
ジャン　あと三日だ！
リング　はい？
ジャン　三日持ちこたえればいい。それまで何とかするんだよ！

リング　三日待つと何があるんですか？

ジャン　知らねえよ!!そういう風に言われてんだよ！

リング　何すかそれー!?

戦いながら、二人はその場を駆け抜けて行く。
アラン登場。

アラン　進め!!後ろを振り返るな！進め――――!!

オリヴィエが戦っている。

オリヴィエ　全軍に告ぐ。我々はオルレアンを解放する!!この長き冬を終わらせる為の春だ!!繰り返す！我々はオルレアンを解放する!!

戦いながらオリヴィエ、アラン退場。
大きな雷鳴が鳴り響いていく。
シャルルが丘から誰かを見つめ、ゆっくりと口を開く。

シャルル　聞こえたか……春だぞ。聞こえたか……ジャンヌ。

舞台ゆっくりと暗転していく。

★

一つの光。
一人の女が歌を歌っている。
ジャンヌである。
その場に入って来るジル・ドレ。

ジル・ドレ　……綺麗な歌だ。

ふと、誰かがいるのに気付き、振り返るジャンヌ。
やがて、微笑み。

ジャンヌ　あ、これ……羊飼いの歌です。

見つめる二人。
舞台ゆっくりと暗くなっていく。

ACT 1

舞台は一瞬の静寂の後、突然に始まる。
一つの光。わめいている男がいる。
リングである。
傍らには手当てをしている女がいる。
名は、「ポーラ」。

リング　痛い……そこ痛いよ！痛い!!

女　動かないの!!

傍らにはジャンが座っている。

リング　痛いって！無理、もう無理!!

ポーラ　動いたら手当てできないじゃない。

リング　だってさ……

ジャン　静かにしろよ。いらいらするだろうが。

リング　痛いんだからしょうがないじゃないですか。痛くない時はね、痛いなんて言いません。痛いから痛いと言うんです。

ジャン　黙ってろって言ってんだよ。

リング　黙ったら会話が成り立たないでしょ、何言ってんですか。

ジャン　何だと⁉

ポーラ　それくらいにしときなよ。

リング　言いますよ、だって痛いんだから。こんな時じゃないとね、なかなか言えないもんなんです。隊長、僕は痛いんです。そんな痛い時にね、隊長のいらいらとね、僕の痛いをね、混同しないで頂きたい。

ジャン　お前いい加減にしろよ。

リング　だって痛いんだからしょうがないじゃないですか！えっ、また痛くしますか⁉その刃物でまた僕を痛くしますか⁉

ジャン　この野郎‼

怒り出すジャンをポーラが制し、

ポーラ　いいからいいから。はい、終わり。

手当てをし、リングを軽く叩く。

リング　それが痛いって言ってんの!!

ポーラ　でも良かったじゃない。命だけでも助かったんだから。

ジャン　良くねえよ。全く……これじゃ何の為に生き残ったのかわかりゃしねぇ。

リング　その通り。俺今まで痛いを16回も言ってんだぞ。あ、今ので17回だ。

ポーラ　ねえ、どういう意味？

ジャン　何が？

リング　痛いを口に出した数だよ。あ、18回。

ジャン　少し黙ってろ!!

ポーラ　だって言われたんでしょ、三日持ちこたえればいいって。そしたら我がフランスに光が差し込むって。

ジャン　確かに言われたよ。その言葉信じて踏ん張ったさ。

ポーラ　なら……問題ないじゃない。

ジャン　……問題は山積みなんだよ。

ポーラ　ちょっとどういう事よ？

リング　逢って来たんですよ。その光って奴に。

ポーラ　え？

リング　このオルレアンを解放する光が遠きドムレミの村より現れたんです。伝説通り天の声を聞いた「ラ・ピュセル」に。

ポーラ　ラ・ピュセル？

首を傾げるポーラ。

リング　救世主ですよ救世主。王をランスで戴冠させるべく生まれてきた伝説の剣士ですよ。

ポーラ　すごいじゃない！逢ったの？

ジャン　逢ったさ。

ポーラ　ねえどんな人だったの？その救世主って、どんな人。

ジャン　もういいよ!!

ジャンは苛々している。

ポーラ　何で怒ってんのよ？

リング　女なんですよ。

ポーラ　え!?

リング　だから……女。それも剣を握った事も馬に乗った事もない女。

ポーラ　じゃあ……じゃあその子は……

ジャン　羊飼いの娘ときたもんだ。

ポーラ　何よそれ……。
ジャン　王の野郎、いよいよとち狂いやがった……。これまでどんな思いで戦ってきたと思ってんだ畜生……。
ポーラ　偽者なんじゃないの？
ジャン　当たり前だろ！本物であってたまるか！
リング　でも天の声は確かに聞いたらしいですよ……それにドムレミからここまでわずか三日で来たのは本当です。
ポーラ　たった三日で……。
リング　ええ……。
ジャン　どうせ嘘だよ。そんな事できるわけがないだろうが。
リング　でもこれは確かに本当らしいですよ。ジル・ドレ伯爵と共に王にひざまづいたって……。
ポーラ　じゃあもしかしたら……もしかしたらその子が本物って可能性も……
ジャン　ねえよ、いらいらするからその話もうやめろ。

リングはポーラに耳打ちする。

リング　ジル・ドレ様と隊長は犬猿の仲ですからね。手柄先に取られちゃったもんだから……いらいらしてるんですよ。
ジャン　お前本当に死にたいのか？

リング　いや冗談ですよ冗談‼そんなね、救世主なんて都合良く現れるわけないんだから。全部でっちあげですよ、でっちあげ。

ポーラ　そうかな……。

リング　そうですよ。そんな何処の馬の骨かもわからん女がオルレアンを解放できんならね、俺一人でできるって事ですよ。それにね、救世主ならもっと早く来いってんだよ！こっちがどれだけ痛い思いをしたと思ってんだよ19回だぞ。

ジャン　お前が弱いだけだろ。

リング　いや、今度救世主に会ったらね、俺がビシッと言ってやりますから。隊長安心してください。もうビシッと言ってやりますから。あ、ビシッどころじゃないな、もうボッコボコにしてやります。ひしゃげますよ、ボッコボコですよ。

ポーラ　ねえ、どんな人なの？その救世主の人は？

リング　どんな人？ボッコボコの事？大したもんじゃないよ……どういう人かって言うとね……

そこにジャンヌが入って来る。
傍らにはオリヴィエ、アランがいる。

ジャンヌ　あの……。

気まずいリング。

リング　……こういう人です。

リング急いでひざまづく。

リング　すいません!!本当すいません……つい……

ジャンヌ　あ……別に……

アラン、オリヴィエが睨んでいる。

リング　視線が……痛い。記念の20回目を捧げます。

アラン　黙ってろ。今度同じ発言をしたらその首が飛ぶぞ。

リング　勿論です!隊長!!

ジャンの元に駆け寄るリング。

ジャン　馬鹿……。

オリヴィエ　……このロレーヌ川沿いに陣を張り、オルレアンの戦況を把握する。それまではここにいる者達があなたの軍だ。

ジャンヌ　……はい。
オリヴィエ　ジャン、身の回りの物を全て用意してやれ。
ジャン　……。

ジャンは耳を貸そうとしない。

オリヴィエ　聞こえたか、ジャン。
ジャンヌ　あ、大丈夫です。自分でやりますから……。
アラン　いや、しかし……
ジャンヌ　いつも自分でやってるんです。こういうの慣れてますし……
ジャン　……さすが羊飼いの娘。
リング　隊長……。
アラン　口の利き方に気をつけろ。
ジャン　本当の事だろうが。
ジャンヌ　あ、いいんです。確かに本当の事だから……ジャンさん、ですよね。よろしくお願いします。何もできませんが、一生懸命頑張ります。
ジャン　……。
リング　隊長、ご挨拶を……隊長……。すいません。
ジャン　……うん、あ、身の回りの物は何処へ行けば……。

ポーラ　あ、私が……。
リング　僕も……！

ポーラ、リング、急いでその場を後にする。

ジャン　何もできないならどうしてこんなとこまで来てんだよ。
アラン　ジャン。
ジャン　少しくらい言わせてくれよ。こっちは遊びでやってんじゃねえんだ。何人も仲間失ってんだよ。
ジャンヌ　……。
ジャン　俺達がここまでやって来て無理なんだ。そのオルレアンをどうしてこんな何もできない小娘が解放できるんだよ。理由を教えろよ。
ジャンヌ　それは……わかりません。
ジャン　わかりませんだと!?

立ち上がるジャンにオリヴィエは剣を向け、

オリヴィエ　理由などはどうでもいい。ジャン、お前がどう御託を並べようとこの方がオルレアンの総司令官だ。従えないなら今すぐお前の官位も剥奪する。さっさとこの場からいなくなれ。
ジャン　お前は悔しくないのかよ！こんな女に全てを託されて……

オリヴィエ　聞こえなかったか。従うか従わないかだ。早く答えろ。

アランも剣を抜く。

ジャンヌ　やめてください!!
オリヴィエ　ジャン……お前がここを陥とせないから彼女が来たんだ。お前が気張っておけばこんな事にはなってないんだよ。
ジャン　……。
ジャンヌ　もういいですから。
オリヴィエ　答えろ。どっちだ？
ジャン　……俺は認めん。絶対にな……。

ジャン、その場を後にする。

ジャンヌ　ごめんなさい……。
アラン　あなたが謝る事じゃないです、お気になさらないで。
ジャンヌ　でもジャンさんが……
アラン　大丈夫。ああ見えて責任感の強い奴ですから、途中で投げ出したりはしませんよ。
ジャンヌ　そう……良かった。

オリヴィエ　良くはないわ。あなたも余計に馴染もうとなどはしないで。ここは戦場だ。羊を飼うのとはわけが違う。

ジャンヌ　だから自分にできる事はしようと……

オリヴィエ　何もできないと、あなた自分で言ったじゃない。その通りよ。あなたにできる事なんか何一つないわ。

ジャンヌ　……。

アラン　おい……。

オリヴィエ　報告の為一度戻る。それまでに準備だけは進めるよう伝えろ。折りを見てオルレアンに進軍する。

ジャンヌ　……あの……

オリヴィエ　誰もあなたに期待などはしていない。これは本当よ。

　　オリヴィエ、その場を立ち去る。
　　ポーラ、リングが影から覗き込んでいる。

アラン　あ、あいつも厳しい奴ですが……悪い奴じゃないんですよ。

ジャンヌ　……わかってます。すごい人ですね、女性なのに……。

アラン　それを言うとあいつ怒りますから、気をつけてくださいね。

ジャンヌ　あ、はい。

アラン　直に慣れます。あなたはラ・ピュセルなんですから。
ジャンヌ　……。
リング　あの？……。
ポーラ　向こうに一通りの用意ができましたけど……。
ジャンヌ　ありがとう。
ポーラ　あ、私が案内しますね。こっちです。
ジャンヌ　普通に接してください。その方がいいから。
ポーラ　あ、でも……。
ジャンヌ　年もそんなに変わらないし、その方が楽です。
ポーラ　……わかった。よろしくね。
ジャンヌ　よろしく。
リング　まあここで会ったのも何かの縁だからよ……
アラン　お前は駄目だ。
リング　はい。
ジャンヌ　……戦場の皆さんが私をどう思うかはわかります。皆さん知っての通り、私は剣を握った事も馬に乗った事もありませんから……。戦も何もわかりません。今は怯える事しかできないと思いますし……。
ポーラ　でも、天の声を聞いたんでしょ……この国を光に導く啓示を……。
ジャンヌ　……。

ポーラ　違うの？
ジャンヌ　あ、いえ……。
ポーラ　だったら心配しなくても大丈夫よ。そんな人他にはいないんだから。
リング　そうですよ。僕らがついてます。
ポーラ　あんたさっきボッコボコにしてやるって言ってたわよ。
リング　言ってないよ。隊長でしょ、すぐ言うんだよね。
ジャンヌ　さっき聞こえましたよ。
リング　あ、ばれてました？僕すぐ言うんですよ。
アラン　わからない事があったら聞いてください。私にできる事はしますから。
ジャンヌ　……あなたは、私を疑ってはいないのですか？
アラン　どちらにせよ、厳しい戦況なんです。だったらすがれるものには何だってすがりたい。例え負けたとしても、あなたの責任ではありません。お気を楽にしてください。
ジャンヌ　……。

頷くジャンヌ。

ポーラ　そうよ、それにあなたが救世主だとしたら素敵よね。ごつごつした強そうな男がなるよりよっぽどロマンがあるじゃない。
リング　それはそうですね!!確かにそうだ。

小さく笑うジャンヌ。

アラン　さあ仕度を。少し疲れているでしょうから、さあ。

ジャンヌ　ありがとう。あなた髪は薄いですが、心の厚い方なんですね。

アラン　うん。褒めるのかけなすのかどちらかにしてください。

ポーラ　行こう、ここの事色々教えてあげるから。

その場を離れるポーラとリング。
ジャンヌはふと立ち止まり、

ジャンヌ　あ、それと……

アラン　何です?

ジャンヌ　あの方はここへは来ないんですか?

アラン　あの方?

ジャンヌ　私をシノンまで連れて来てくれた……

アラン　ああ。ジル・ドレの事ですか。今は王の元へ行っています。こっちに軍を割いて手薄になっていますから……。

ジャンヌ　そうですか。

アラン　直に来ると思います。ご心配なさらぬように。さあ、仕度を。そしていつか春を見せてください。

雷鳴が鳴り響いていく。
舞台は突然に変わる。
——場所はドムレミの村。

ジャンヌ　私が……!?

後ろにはジル・ドレが立っている。

ジル・ドレ　そう、あなたが救世主だ。ラ・ピュセルとなって、この国を救ってもらいたい。この百年に渡る長き戦争を終わらせてもらいたい。
ジャンヌ　意味が……意味がわかりません。どうして私に？
ジル・ドレ　あなたは天の声を聞いた。祈りの先に、この国を光に導く天の声を。それがあなたの祈りの答えです。
ジャンヌ　……そんな……私は何も……。
ジル・ドレ　ならばそう思ってください。
ジャンヌ　どうして私に……。

ジル・ドレ　この村にイギリス軍がやって来ます。丘を越えた向こうに陣を張り、今かの時を待っています。

ジャンヌ　それは⁉それは本当ですか⁉

ジル・ドレ　この村など10分は持たないでしょう。あなたが何よりも大切にしている人も町も全ては焼かれ跡形もなく消えるでしょう。

ジャンヌ　……そんな……助けてください……私達を助けてください……。

ジル・ドレ　ならばご決断を。この村を捨ててください、親を、仲間を、この村の緑を捨ててください。

ジャンヌ　……無理です、そんないきなり……私はただの……

ジル・ドレ　急がねば、この村だけでなく……この国がそうなるでしょう。さあご決断を。全てを捨てて、私と新しい場所へ。

ジャンヌ　……私は……。

そこに一人の男が駆け込んで来る。
名を「ラ・イール」。
ジャンヌの幼なじみである。

ラ・イール　大変だジャンヌ！イギリス軍の奴らが……⁉

ラ・イールはジル・ドレに気付き、

ラ・イール　お前誰……!?

ジル・ドレはラ・イールに剣を突きつける。
驚くラ・イール。

ジャンヌ　!?何を……

ジル・ドレ　……動くな。

ラ・イール　ジャンヌ、こいつイギリス軍の奴か……見たんだ、丘の向こうに陣を張ってるのを！

ジル・ドレ、剣を振り上げる。

ジャンヌ　やめてください!!

――突然、ラ・イールにイギリス兵が襲い掛かって来る。
一刀の元に斬り捨てるジル・ドレ。
驚くジャンヌとラ・イール。

ラ・イール　こいつら……イギリスの……。

ジル・ドレ　……。

　　　　ジャンヌはジル・ドレを見つめ、

ジャンヌ　……では……本当なんですね。

ジル・ドレ　はい。

ジャンヌ　私が捨てなければ……どちらにしろなくなるんですね。

ラ・イール　何言ってんだジャンヌ⁉

ジル・ドレ　ご決断を。あなたと共にこの国が動きます。ラ・ピュセル、オルレアンを解放してください。その日まで、私があなたを守りましょう。

ラ・イール　意味がわかんねえよジャンヌ、こいつ誰だ⁉

ジャンヌ　……わかりました。

　　　　ジャンヌが答えた瞬間、外から大きな歓声が聞こえる。
　　　　剣をおさめるジル・ドレ。

ジャンヌ　……これは……。

窓の外を見るラ・イール。

ラ・イール　……フランス軍だ……すげえ……。

イギリス軍の奇襲を抑え、フランス軍が勝利の歓喜の声をあげている。

ジル・ドレ　イギリス軍が虚を取られているうちにこの村を出ます。

ラ・イール　……じゃああんた……。

ジル・ドレ　仕度を。三日でシノンの街まで向かいます。寝る暇などはありません。

ラ・イール　ジャンヌ……一体どうなってんだよ……なあ。

ジル・ドレ　もうこのお方はお前の幼なじみでも何でもない。この国を救う救世主だ。

ラ・イールはジャンヌの元に駆け寄り、

ラ・イール　なあジャンヌ、どうしたんだお前……なあ！

ジャンヌ　みんなを……よろしくね……。

ラ・イール　おい!!

ジャンヌ　私は……どうすればいいんですか？どうすれば光が見えるんですか？

ジル・ドレ　……ただ一つ……「春」を見せてください。

驚くジャンヌ。
舞台、ゆっくりと暗くなっていく。

ACT 2

舞台場面変わって、王宮。
バルコニーにシャルルが立っている。
報告している兵士。
名を、「ロベール」。

ロベール　……ジャンヌ・ダルクがロレーヌ川沿いに入りました。
シャルル　そうか。
ロベール　仕度が整い次第、このシノンまで謁見に来ると思われます。
シャルル　ご苦労であった。
ロベール　はっ。

シャルルの側近である大臣がゆっくりと入って来る。
名を、「ミザリ」。

ミザリ　どうでした？
ロベール　と、おっしゃいますと……。
ミザリ　天の声を聞いた聖女というのは……。この国の未来を託すにふさわしい女でしたか？
ロベール　……それは。
シャルル　構わん……答えろ。
ロベール　……私には、いたって普通の少女にしか思えません。天の声を聞いたという事さえも本当かどうか……
ミザリ　そうですか。王よ、何をお考えですか？
シャルル　別に何も考えてはいないよ。
ミザリ　ではこのままジャンヌにオルレアンを託すと……
シャルル　そうだ。
ミザリ　王……。
シャルル　本物かどうかなどは問題ではない。時勢や運に左右される事もあるだろう。現に私も今は正式な王ではない。ランスで戴冠を行なわねば、ただの半端者だ。違うか？
ミザリ　そうです。
シャルル　早いな。早い。ちょっと傷つきさえする。だがこの早さが大臣たる理由だ。覚えておけ。
ロベール　はっ。
ミザリ　オルレアンに負けるという事は、わが国の歴史が幕を閉じるという事です。
シャルル　まあそうなるだろうな。

ミザリ　……覚悟は、おありという事ですね。

シャルル　私の一世一代の賭けだ。負ければ何も残らん。お前達も私を捨てる覚悟でいろよ。

ミザリ　はい。

シャルル　早い。またも早い。即決だ。即捨てだ。だがこの早さが大臣たる理由だ。覚えておけ。

ロベール　はっ。

ミザリ　王よ。

シャルル　そう王々言うな。いくら私が王でもそんなにホームランは打てないぞ。

ミザリ　もう一つ聞きたい事がございます。

シャルル　突っ込みもしない。王は投げっぱなしだ。だがこのしかとこそが大臣たる理由だ。覚えておけ。

ロベール　はっ。

ミザリ　あなたがそこまで買う救世主には何かがあるのでしょう。これ以後その事に進言するつもりはありません。

シャルル　認めてくれるか。

ミザリ　問題はその後です。

シャルル　……。

ミザリ　万が一その聖女が快進撃を続ければ、失うものもありましょう。その事を考えていないとは、言わせませんよ。

シャルル　……。

ミザリその場を去ろうとする。

シャルルはロベールに話しかける。

シャルル　……こええな、あいつ。ちょっと怖いんだよな。こうさ、内々の会話ってものがあるよな。

ロベール　……王。

シャルル　あれじゃ俺の奥さんみたいだろうが、なあ。恐妻家みたいなイメージ？もうちょっと立てろっていうんだよな。

ロベール　王、王よ……。

シャルル　何だよ。

ロベール　まだ……はけてません。

シャルル　……。

舞台奥に、ミザリが残っている。

ミザリ　我が国の行く末をお間違えなきよう、先に忠告しておきます。

ミザリ、その場を後にする。

シャルル　行ったか……行ったか……！あいつは行ったか!!

そこにオリヴィエが入って来る。

オリヴィエ　王よ。
シャルル　また来たうるさいのが……もう……。
オリヴィエ　王……
シャルル　お前も王々言うんじゃない。まだ私は王じゃないんだぞ!!
オリヴィエ　玉……
シャルル　王でいい！王でいいから点を付けるな点を。お前はジャンヌの傍を離れるなと言ったろ。
オリヴィエ　報告にあがったまでです。兵の士気は軒並み下がっております。国王は国を捨てたと、
　流行り病にかかったとまでの言われよう……
シャルル　言いたい奴には言わせておけ。
オリヴィエ　私が言いたいのは、何を隠しているのかという事です。
シャルル　隠す？
オリヴィエ　あなたは投げ出して神頼みするような人では決してない。何か策がある筈だ。
シャルル　……聞いたか。今の発言聞いたか？わかってる奴がいたよここに、やっといたよ。
ロベール　良かったですね玉。
シャルル　王だ。

オリヴィエ　ふざけないでください!!

シャルル　お前が最初に言ったんだよ……。

オリヴィエ　あなたは何かを隠している!ジル・ドレと何を謀っているのですか?

シャルル　何もないよ。そうだ、わざわざこのシノンまで来る必要なんかない。そう思わないか?

ロベール　どういう事ですか?

シャルル　行っちゃうんだよ、この私が。ほら用意しろ……。

ロベール　ちょっと待って……

シャルル　そうだ、折角だから素性を隠してしまおう。

オリヴィエ　王……!

シャルル　俺は王じゃない!!玉だ!!

オリヴィエ　格好良くも何ともないですよ。

シャルル　よし、これで行くぞ。さっさと用意しろ。

ロベール　……ハッ。

ロベール、首を傾げながらその場を後にする。

シャルル　ほら、お前も行くぞ。あ!くれぐれも私が王である事は言うんじゃないぞ。わかったな……。

オリヴィエ　……例え聖女に選ばれるべき存在だとしても、あの子も一人の民です。この国に生を受けた大事な民です。

シャルル　そんな事はわかっている。

オリヴィエ　国の為に民を犠牲にするような王ならば、私は仕えません……。

シャルル　……だからお前をジャンヌにつけた。最初に言ったろ……。

オリヴィエ　王……。

シャルル　墓まで一緒だ。そして、俺は玉だ。

シャルル、その場を後にする。

立ち尽くすオリヴィエ。

★

場所はドムレミの教会へと移っていく。

ラ・イールがゆっくりと扉を開け、ひざまづく。

祈りを始めながら、

ラ・イール　……神様、どうかジャンヌを……どうかお守りください。

ゆっくりと光が強くなっていく。

★

場所はロレーヌ川沿いの教会へと移っていく。

祈りを捧げるジャンヌ。
それをゆっくりと見つめる女がいる。
名を「パサド」。
ジャンヌは、見つめる視線に気付き、

ジャンヌ　あ、ごめんなさい。つい長居しちゃって……どうぞ。

場所を譲るジャンヌ。

パサド　構いません。私はここの者だから……。
ジャンヌ　あ……。
パサド　初めてお会いしますね。
ジャンヌ　はい。ついさっきここに着いたんです。ここにしばらくお世話になります。
パサド　あなたが……。
ジャンヌ　何ですか?
パサド　……いえ。……祈り、よくされるんですか?
ジャンヌ　あ、はい。ドムレミの村ではいつも。落ち着くんです。ここに来ると、毎日の事をお祈りして、家族と村の作物と……私の飼っていた羊と……それが日課だったものだから。
パサド　……だから天の声を聞いたのね。

ジャンヌ　え？
パサド　頑張ってくださいね。あなたの祈りが届く事を私も願っていますね。
ジャンヌ　あ……。

　　ジャンヌはゆっくりと下を向く。

パサド　どうして、下を向くの？
ジャンヌ　ここでは……ここでは嘘はつけません。天の声を聞いたっていうのは……

　　そこにジル・ドレが入って来る。

ジャンヌ　……。
パサド　あなたに、お客様みたいですよ。席を外しますね。

　　パサド、そっとその場を後にする。

ジル・ドレ　何を言おうと……。
ジャンヌ　ここでは……
ジル・ドレ　嘘ではありません。あなたは確かに天の声を聞いた。そう思ってください。

ジャンヌ　私はいつか……罰せられますね……。

ジル・ドレ　……そんな事はありません。

ジャンヌ　行きます。あなたがいないから、少し不安でした。

ジル・ドレ　申し訳ございません。さあ……。

ジル・ドレに連れられ、ジャンヌ退場。
パサドがゆっくりと入って来る。

パサド　そうならない事を願っています。魔女などはいないのですから……。

ゆっくりと祈りを捧げるパサド。
舞台ゆっくり暗転していく。

★

場面変わると、ジャンが座っている。
それに語りかける一人の女。
名を、「イリア」。
ジャンの妻である。

イリア　それで……どうしたのさ。

ジャン　……どうしたもこうしたもねえよ。

イリア　黙って逃げ帰って来たのかい？

ジャン　そうじゃねえよ……。

イリア　じゃあ何だっていうのさ。どうせ負け犬の遠吠えみたいな事しか言えなかったんだろ。

ジャン　馬鹿野郎!!ちゃんと言ってやったさ!!俺は……認めんってな。

イリア　それを遠吠えって言うんだよ。いい、私が行く。

ジャン　おい待てって。

イリア　わかってんのかい!?私の妹は病気なんだよ！こんなとこで油売ってる暇はないんだよ!!早くオルレアンを取り戻さなきゃ、あの子は死んじまうの!!

ジャン　わかってる!!

そこに入って来るシャルル。
後ろには、ロベール、オリヴィエがいる。
イリアを見つめるシャルル。

シャルル　……お前か。初めまして、玉だ。

イリア　……。

シャルル　いやあ、噂には聞いてたけどこれが本物の救世主って奴か……びっくりするねぇ。

イリア　は？

ジャンはこの場に王が来ている事に驚き、

ジャン　あなたは……!?
シャルル　静かに。何だい何だい？そんな目でおいらを見るとは相当気も強いと見たね、違う？
ジャン　ちょっと……どうされたんですか？
シャルル　いいから静かに……どうだいどうだい？
ジャン　え？

オリヴィエ達の方を見るジャン。
呆れながら二人は首を振る。

ジャン　え？
イリア　……何なのこの頭の悪そうな奴は……。
シャルル　こわーい!!
ジャン　お前何言ってんだ。この方はな……我が国の……
シャルル　馬鹿!!

シャルルはジャンの所に駆け寄り、耳元で話す。

シャルル　見てわからんのか、今素性を隠して聖女とやらを観察してるんだ。
ジャン　はい？
シャルル　内緒だ、今あくまでも私は王ではない。お前も口裏を合わせろ。いいな。
ジャン　いやでも……
シャルル　いいから、これも国を託す為の重要な仕事だ。
ジャン　でもあいつは聖女では……
イリア　何こそこそ話してんのよ。あんたは誰なの？
シャルル　おいらは玉だよ。「玉子」が大好きだから玉って言われてんだ。な。
ジャン　え、ええ。

　　　オリヴィエ達を見るジャン。
　　　諦めながら、首を振る二人。
　　　おどけながらイリアに近づいて行くシャルル。
　　　イリアに殴られる。

イリア　あんた馬鹿じゃないの？
ジャン　馬鹿お前……
オリヴィエ　……放っておけ。

イリア　あんたさ、見てわかんないの。遊んでる雰囲気じゃないわけ。ガキじゃないんだから少しは考えなさいよ。

シャルル　そーんな怒んないの。もうギョクギョクしちゃう。

イリア、シャルルを思いっきり殴る。

ジャン　ああ！

イリア　つまんないだろ。次言ったら本当殺すわよ。

ジャン　良き良き。それぐらいの心構えがあればこの国も安泰だな！な？やっぱり私の目に狂いはなかった。どうだ？おい！

ロベール　……狂いまくりです。

シャルル　ようし、今夜はおいらがおごるぞ。

イリア　私は行くとこがあるんだよ。

シャルル　何処何処？折角の宴だよ。

イリア　この国の王のとこだよ。あの馬鹿に教えてやるんだ、どれだけの人が苦しんでるかってね。

シャルル　……言いたい事はわかる。遊びはここまでにしよう、実は私が……

部屋を飛び出して行くイリア。

ジャン　おい……待てよ。

追いかけるジャン。

シャルル　……予想以上だ。あれがな、軍を率いる女の顔と言うものだ。お前達、覚えておけ。

オリヴィエ　嫌です。

そこに入って来るジル・ドレとジャンヌ。

ジル・ドレ　……どうした？

シャルル　おお、ジル・ドレ。気の強い女だな、ジャンヌって奴は！

ジャンヌ　ええ？

ジル・ドレ　どういう事ですか？

シャルル　今な、素性を隠してジャンヌと話してやった。凄かったぞ……俺の演技は。あいつは私が王だとは一切思ってない。何故なら俺は玉だからだ。いやあ、気持ち良かった。こんなにうまくいくとは思わなかったなあ。

ロベール　どうしましょう……。

オリヴィエ　知らん。

ジャンヌ　……あの……。

シャルル　何だこのお嬢ちゃんは?ジル・ドレ、お前の女か?羽目を外すのはいいが、ほどほどにしておけよ。しかし、ジャンヌってのはすごい女だった。君も彼女から色々な事を学びなさいね。あ、ジル・ドレ、私が王である事はしばらく内緒にしよう、その方が彼女も忌憚なく私に接する事ができる。いいか?絶対に私が王であることはジャンヌにばらすな!!

ジル・ドレ　わかりましたか?

ジャンヌ　あ、はい。

頷くジャンヌ。

シャルル　いやあ、気分が良い。では私は先に帰るぞ。

オリヴィエ　……死んでしまえ。

シャルル　何か言ったか?

オリヴィエ　いえ。

シャルル、笑いながら部屋を出て行く。

ジャンヌ　……あの方は?

ジル・ドレ　ただの玉だ。放っておこう。

オリヴィエ　散歩をする時間などはないはずよ。

ジャンヌ　ごめんなさい。近くに教会があったから。
オリヴィエ　野営の準備を、翌日からオルレアンに侵攻する。
ロベール　わかりました。
ジル・ドレ　まあそう焦るな。
オリヴィエ　イギリスが撤退要求を出してきた。もはや一刻の猶予も許されない。
ジル・ドレ　それを決めるのは、彼女だ。
ジャンヌ　私が……。
ジル・ドレ　そうです。あなたがこの軍の頂点なんですから。
ジャンヌ　……。
ジル・ドレ　焦らずに。結果は決まっています。
オリヴィエ　ジル・ドレ、遊んでる時間はないぞ。
ジル・ドレ　わかってる。だから作戦会議だ。

ジャンヌに光が当たる。

ジャンヌ　この時の事は……よく憶えている。名前もろくに覚えていないみんなとの作戦会議だ。何も知らない私が皆の言葉を聞き、決断をする。全てが早く過ぎ去る日々の中で、何もできない私の最初の決断。聖女とは……何もない人の事なんだろうか……?

ジャンヌの後ろには配下が全て揃っている。
オリヴィエ、アラン、ロベール。
ジャン、リング、そしてジル・ドレがいる。

ジャンヌ　私は……。
ジャン　お前はただ後ろで立ってりゃいい。どうせ何もできないだろうが。
リング　隊長。
オリヴィエ　向こうの数は？
ロベール　大まかに見てもこちらの4倍。数ではどうにもなりません。
ジル・ドレ　ならその4倍斬ればいい。どうせ俺らの後ろには何もないからな。
アラン　生きて帰れるとは思えないな。
ジャン　あそこはもともと俺達の街だ。失うよりよっぽどましだ。
アラン　大事なのは時期だ。向こうに気付かれればその時点で終わる。
ジャン　さっさとしねえと街の奴らが危ないだろうが。
アラン　だからこそどの時期かを計るのが大事なんだ。
リング　確かにそうですけど……。
ジル・ドレ　あなたは、どうしたいですか？

ふと、全員の視線がジャンヌに移る。

ジャンヌ　……。

ジル・ドレ　誰も異存はありません。我々はあなたに、賭けたんですから。

ジャン　そんな奴に聞いてもわからねえよ。

ジル・ドレ　ジャンヌ……。

ジャンヌ　……明日にします。

驚く全員。

アラン　ちょ……ちょっと……。

ジャンヌ　明日にしましょう。

アラン　本気ですか!?

リング　隊長……?

ジル・ドレ　……どうして、明日だと……?

ジャンヌ　オリヴィエさんがそう言っていました。私もそれが良いと思いました。それ以外は……ないです。

アラン　お前……。

アラン、オリヴィエを見る。

そっぽを向くオリヴィエ。

オリヴィエ　……。

ジル・ドレ　わかりました。

ジャン　そうと決まりゃ話は早い。行くぞ。

全員立ち上がる。

リング　すげえ……。

ジル・ドレ　さあ……ジャンヌ様。

ジャンヌ　私は、何を……。

オリヴィエ　……号令に決まってるじゃない。あんたが出さないで誰が出すのよ。

ジル・ドレ　さあ、行きましょう。

ジャンヌ　……オルレアンに……光を。

激しい音楽が鳴り響く。

全員が飛び出して行く。

舞台早急に暗くなっていく。

★

場面はオルレアンへと移っていく。
高台から遠くを見ている一人の女。
望遠鏡で街の外を見つめている。
名を「サイリアス」。
行軍を見つけ、驚く。

サイリアス　来た！来たよ!!遂に来てくれた!!

そこに入って来る一人の少女。
始まりの少女であり、名を「ニーナ」。

ニーナ　どうしたの？
サイリアス　フランス軍が来たんだよ!!助けに来たんだ。
ニーナ　本当？
サイリアス　本当だ。見てごらん!!フランス軍だよ間違いない。ほら！

サイリアスは、ニーナに望遠鏡を渡す。
覗き込むニーナ。

ニーナ　……。

サイリアス　逢えるよ、これであんたの姉さんにもきっと逢えるから。

ニーナ　本当に？

サイリアス　ああ。私達の国を信じよう。ね。

ニーナ　……うん。

サイリアスは奥から剣を取り、外に出ようとする。

ニーナ　何処へ行くの？

サイリアス　あいつらが来たのに黙って見てるわけいかないじゃない。

ニーナ　でも……。

サイリアス　あんたはここを一歩も出たら駄目。身体にひびくよ。

ニーナ　……。

サイリアス　大丈夫、次に逢う時は、みんなと一緒だ。

サイリアス、部屋を飛び出して行く。

ニーナ　姉さん……。

ニーナは手に持った花を見つめ、祈りを捧げる。

★

イリアが入って来る。
イリアもまた、ニーナと同じ花を持っている。

イリア　……。

そこに入って来るジャンとポーラ。

ジャン　いらいらする……。
ポーラ　どうして？
ジャン　何で俺が別動隊なんだよ……ちきしょう。
ポーラ　作戦なんでしょ、しょうがないじゃない。
ジャン　それにしたってな……。
ポーラ　最後の最後に必要なんだから。
ジャン　ジル・ドレの野郎は前線だぞ。あの女に取り入りやがって……。
ポーラ　でも良いこと言うじゃない。妻子ある者は後ろに回ってほしいなんてさ。私、あの子好きよ。
ジャン　何言ってる。俺がやられるか！

シャルルが入って来る。

シャルル　その通り、お前の実力を買っての作戦だ。我慢してくれ。
ジャン　……わかってますけど。
シャルル　聖女が必ずオルレアンに光をもたらす。あいつこそ……

イリアを見て驚くシャルル。

シャルル　せ……聖女……何でまだここに!?……ええ!?
イリア　お前うざい。向こう行け。
シャルル　ええ!?

ジャンの下に駆け寄るイリア。

イリア　気をつけるんだよ。わかったね。
ジャン　ああ。
イリア　妹を、街の人を死なせないで、お願い。
ジャン　当たり前だろ。

イリア　あんたもだよ。お願いだから……。

イリア、ジャンを抱きしめる。
驚くシャルル。

シャルル　ええ!!?
ジャン　行って来る。
イリア　うん。
シャルル　ええ……!
ジャン　あ、紹介が遅れましたけど、俺の妻です。
シャルル　えええ!?

ジャンは足早にその場を離れて行く。

ポーラ　ええ、ええ、うるさいよ。あんた誰?
イリア　ほっときな。行くよ。

ポーラ・イリアもまたその場を後にする。
一人残されるシャルル。

シャルル　ええ……!?

シャルル、わけがわからず呆然としている。

★

——場面変わって、オルレアン前線。
ジャンヌ、リング、アランがいる。

アラン　ここにいれば大丈夫です。
ジャンヌ　皆は？
アラン　勿論戦っています。あなたはここで充分です。
リング　あなたには俺がついてます。安心してください、逃げ足だけは世界一を誇っていますから。
ジャンヌ　誇らないでください。私も……
アラン　……あなたを失う事はこの国の終わりを意味します。ご理解ください。

そこに攻め込んで来るイギリス軍。

リング　ジャンヌ様!!
アラン　何でここまで……ここは引き受けた！早く!!

リング　わかりました!!

リング、ジャンヌの手を引きその場を逃げ出す。
アランも戦いながら、その場を離れて行く。

★

ジル・ドレが敵を斬り倒している。
オリヴィエ、応戦しながら登場。

オリヴィエ　どうしてジャンヌの傍を離れてる?
ジル・ドレ　あの子には少し荒療治が必要だ。
オリヴィエ　馬鹿を言うな。ジャンを温存してるんだぞ。
ジル・ドレ　大丈夫、あの子は救世主だ。
オリヴィエ　ふざけるなよ……。

ジャンヌの元へ向かうオリヴィエ。

ジル・ドレ　おい何処へ行く!?お前にも任務があるだろ。
オリヴィエ　私の仕事は……あの子を死なせない事だ!!

オリヴィエは敵を斬りつけ、その場を足早に駆け抜けて行く。

ジル・ドレ　その通りだ。

微笑むジル・ドレ。
戦いながらその場を離れて行く。

★

場面変わってラ・イール登場。
戦火の中、必死にジャンヌを探している。

ラ・イール　ジャンヌ！……ジャンヌ！

襲い掛かる兵士達。
逃げながら、退場。

★

場面変わって、リング、ジャンヌ登場。

リング　こっちです！こっちに!!

兵士が飛び出して来て、リングを斬りつける。

ジャンヌ　⁉

間一髪で、応戦するリング。

リング　大丈夫です……さあこちらへ‼

ジャンヌ　でも……

兵士が飛び出して来て、ジャンヌの肩口を斬り捨てる。
倒れるジャンヌ。
飛び出してくるジャン、兵士を斬りつけ、

ジャン　何やってんだお前……！

リング　隊長‼

ジャン　下がってろ‼

オリヴィエも応戦に回る。
——瞬間に怒号が鳴り響く。

前方を見つめる全員。

オリヴィエ　……これは……

ジャン　何だこの数……

押し寄せて来る怒涛のイギリス軍を見つめる全員。

リング　無理ですよ……こんなの敵うわけありません……。

ジャン　ちきしょう……。

ジャンヌは下を向き、やがてゆっくりと前を見つめる。

立ち上がるジャンヌ。

一歩ずつ、足を進めて行く。

オリヴィエ　何してる！

ジャン　下がってろと言ったろ!!

オリヴィエ　ジャンヌ!!

リング　ジャンヌ様!!

ジャンヌにゆっくりと光が当たる。

ジャンヌ　……何故私が立ったのか……何故私にそれができたのかはわからない。

目の前の光景に驚くオリヴィエ達。

リング　イギリス軍が……イギリス軍が……退いてる。
ジャンヌ　だけど私は……この瞬間を忘れない……。
ジャン　……どういう事だ⁉
オリヴィエ　あんた……⁉
ジャンヌ　全てはきっと偶然だ。だけど私はこの瞬間を忘れない。
オリヴィエ　ジャンヌ‼
ジャンヌ　……私は天から光を受けた！これは聖戦である！オルレアンを解放する‼光の聖女が……春をこの場所に！陽の光と共に、オルレアンを解放する。この場所が春だ!!!

怒号と歓声の入り混じったような大きな音が響き渡る。
ジャンヌの声を掻き消すように。
舞台ゆっくりと暗くなっていく。

ACT 3

突然の声に驚くジャンヌ。
すぐ後ろには、ジル・ドレがいる。

ジル・ドレ　……どうしました？

ジャンヌ　えっ？……ああ、少し考え事をしていました。

ジル・ドレ　疲れているのでしょう。しばらくはゆっくりしてください。

ジャンヌ　ねえ……。

ジル・ドレ　……何でしょう？

ジャンヌ　ふと……思ったんです。私の旅は、いつ終わるのかなって……。

ジル・ドレ　……今は深く考えなくてもいい。だってあなたは、英雄だ。

音楽。
喜ぶ街の光景が目の前で繰り広げられる。
それを見つめるジャンヌ。

優しく見つめるジル・ドレ。
リングとサイリアスが呼びに来る。

リング　ジャンヌ様！こっちです、皆が待ってますよ!!
ジャンヌ　……。
サイリアス　ありがとう……本当に、ありがとう。
ジャンヌ　いえ……。
リング　さあ早く！ジャンヌ様!!

ジャンヌはジル・ドレを見つめる。

ジル・ドレ　行ってあげなさい。

頷くジャンヌ。

リング　早く!!

輪の中に入って行くジャンヌ。
リング、サイリアスと共に、その場を離れて行く。

シャルルが入って来る。

シャルル　あれが……ジャンヌだったか……。
ジル・ドレ　まだそんな事言ってるんですか。
シャルル　しかし……オルレアンを救った少女には見えんな。
ジル・ドレ　国が変わる瞬間など、そんなもんですよ。

そこに入って来るミザリ。

ミザリ　……とりあえずは、思惑通りという事ですか？
ジル・ドレ　何がだ？
ミザリ　あなた方二人の描いた絵の通りという意味です。
シャルル　幸せな時間に水を差すなよ。
ミザリ　勿論、そのつもりです。ランスであなたが戴冠するまで、じっくりと見つめさせていただきます。何処まで続くのか、興味がありますから。
ジル・ドレ　続くさ、あの子は救世主だ。
ミザリ　そういう者程、魔女になるんですよ。

ミザリ、その場を後にする。

ジル・ドレとシャルルも顔を見合わせ退場。

★

場面変わって、ジャンの家。

ジャンが部屋に入ると、ニーナが駆け込んで来る。

ニーナ　義兄さん!!

ジャン　久しぶりだな。

ニーナ　うん……。

イリアが入って来る。

イリア　あんまり走らないの。まだ治ってないんだから。

ニーナ　大丈夫よ。

ジャン　大変だったか？

ニーナ　ううん、絶対皆が戻って来るって思ってたから。

ジャン　体の方は？

ニーナ　大丈夫。ちょっと咳き込む事はあるけど、全然平気よ。

イリア　平気じゃないでしょ。

ジャン　あんまり姉さんに迷惑は掛けるなよ。怖いからな。

ニーナ　ね。

イリア　ニーナ。

ニーナ　あ、聞いたわよ。聖女って人がこの場所を解放してくれたんでしょ。どんな人？その人女の子なんでしょ？ねえどんな人？

ジャン　……それはな……

言葉に詰まるジャン。

ニーナ　救世主って言うぐらいだから強いの？すごい力を持ってたりして……

イリア　普通の子よ。あなたと同じ、普通の子。

ニーナ　そんなの嘘よ。……ねえ、義兄さんは逢った事あるんでしょ。

ジャン　……まあな。

ニーナ　すごいなあ……私も逢いたい。駄目？

ジャン　俺はな……主にあいつがいない所で戦ってるんだ。だから会話をする事はあっても仲良くなるという事はそんなにないかな……。

ニーナ　どういう事？

ジャン　だから……

イリア　ずっと悪口言ってたもんだから、バツが悪くて逢いづらいの。

ジャン　つまりはまあそういう事だ。

ニーナ　なんだ、義兄さん使えない奴なんだね。

ジャン　ちょっと……

イリア　ほら、部屋に戻りなさい。薬を飲まなきゃ……。

ニーナ　はい。

ニーナは微笑み、その場を後にする。

ジャン　お前もうちょっと言い方ってものがあるだろ。夫だぞ俺は……。

イリア　認めないわけいかないんじゃない？

ジャン　……何が？

イリア　だから、あの子。

ジャン　……偶然だよ、ただの。

イリア　それでもいいわ。私はニーナに逢えたんだから。

ジャン　……。

イリア　行って来なさいよ、祝杯あげてるんでしょ？

イリアは笑い、その場を後にする。

ジャン　……わかってるよ。

歩き出すジャン。

★

――王宮・バルコニー。

一人で喧騒から逃れているジャンヌがいる。

そこに入って来るアラン。

アラン　ジャンヌ様。

ジャンヌ　どうしました？

アラン　宴の席に申し訳ありませんが、捕虜を捕まえております。

ジャンヌ　捕虜を？

アラン　イギリス軍です。お任せいただくのであれば構いませんが、一度ご報告を。どうされますか？

ジャンヌ　……行きます。

アランに連れられ、ジャンヌ退場。

★

場面変わって一人のイギリス将校がロベールに連れられている。

共に歩くオリヴィエ。

縄に縛られている将校、名は、「ラングレン」。

ラングレン　離せっ!!おい！

ロベール　静かにしろ!!

ラングレン　自分で歩ける！離せ!!

ロベール、ラングレンをその場に投げ捨てる。

オリヴィエ　騒いだところでどうにかなるものではないぞ。

ラングレン　これで勝ったと思うな……。

オリヴィエ　当たり前だ。今までどれだけの苦渋を舐めたと思ってる。こんな所で終わるつもりなどない。

ラングレン　……たった一度の勝利で随分と威勢がいいな。

ロベール　黙れと言ったはずだ。

ラングレンを殴るロベール。

そこに入って来るジャンヌとアラン。

ジャンヌ　ちょっと……やめてください!!

ロベール　しかし……。

ジャンヌ　いいから……やめなさい。大丈夫ですか？

駆け寄るジャンヌを振り払うラングレン。

ラングレン　……触るな!!

アラン　貴様!!

ジャンヌ　構いません。

オリヴィエ　威勢のいいのもここまでだ。お前の処遇は既に決めてある。

ラングレン　早く殺せ!!

オリヴィエ　そんなに簡単に死ねると思うか？それではお前を捕まえた意味がないだろ。

ジャンヌ　どういうことですか？

アラン　……この男はパリの隊長です。オルレアンに援軍として来たんですよ。

オリヴィエ　お前の首を旗としてトロワまで侵攻する。イギリス軍にはいい刺激になるだろう。お前の指と撤退の命令を共にイギリスに送りつける。

ラングレン　……。

驚くジャンヌ。

ジャンヌ　そんな……そんな事は許しません!!

オリヴィエ　許さなくてもやる。それが作戦だ。

ジャンヌ　駄目です!!

ラングレン　……なんだよ、ここでも救世主気取りか……。

アラン　黙ってろ!!

ジャンヌ　……あなたは、我がフランス軍がしかるべく処置を取ります。

ラングレン　お前に情けをかけてもらう気はない!!

ジャンヌ　情けではありません。私が今そう決めました。

ラングレン　何が聖女だ、ふざけんな!!どれだけの人間が死んだと思ってる!?

ジャンヌ　……。

ラングレン　それをなかった事にして天からの啓示を受けるのか!?お前らの神様は随分都合が良いな!?

ジャンヌ　……それは……

ラングレン　自分の都合が良い人間だけ救って何が聖女だ！お前に何が救えるんだよ！ふざけるな!!

アラン、ラングレンに剣を向ける。

アラン　それ以上は許さん。

ラングレン　何度だって言ってやるよ！何が聖女だ？何を救えるんだよ!!

オリヴィエ　何も救わない。勿論、お前らもだ。都合が良くなきゃ神になど祈らないよ。だからお前も利用させてもらうよ。

ジャンヌ　……私は……

言葉に詰まるジャンヌ。

オリヴィエ　これが現実だ。この男の言う通り我らもたくさんの人間を失ってる。だからやり返すの。もしやらなければ死んで逝った者達に顔向けはできないから。

ラングレン　……早く殺せ……。

アラン　ジャンヌ様……処遇をお決めください。

ラングレン　早くしろ！早く殺せ!!

顔を上げるジャンヌ。

ジャンヌ　この人を人質として生かします。この百年戦争が終わるまでの人質です。

ラングレン　……お前……。

ジャンヌ　死ぬ事は許しません。この戦の終わりと共に、本国へ帰す事を約束しなさい。

オリヴィエ　死んで逝った者達の想いはどうする？

ジャンヌ　わかりません!!だがこれは命令です。そうしなさい！

オリヴィエ　……。

オリヴィエ、その場を後にする。

アラン　……連れて行け。

ロベール　はい。

ロベール、ラングレンを連れて、その場を後にする。

ジャンヌ　間違っている事は……わかってます。ごめんなさい。

ジャンヌは深々と頭を下げる。

アラン　決めるのはあなたですから……。あなたがいなければ、オルレアンの解放はなかった。だから決めるのは、あなたです。

アランはその場を離れて行く。

ジャンヌは一人になると、力が抜けたようにしゃがみ込む。

下を向き、やがてゆっくりと涙する。

静かにポーラが入って来る。

ポーラ　……皆、あなたがいないと楽しくないって……。

ジャンヌ　わからないの……何が正しいのか……どうしてあげればいいのか。私は別に何もしてないから……何も貰っていないし……与えてもいないから……。

ポーラ　……それでも良いじゃない。

ジャンヌ　……。

ポーラ　それでも良いと思う。みんな言ってたよ。ジャンヌ様と共に春を見るんだって。一緒にいれば見れる気がするって。それで充分じゃない。春見れそうだなんて、素敵な事だよ。

ジャンヌ　……。

しゃがみ込むジャンヌ。

ジャンヌの肩を叩くポーラ。

奥ではオリヴィエが静かに見つめている。

舞台、ゆっくりと暗くなっていく。

★

舞台突然の光。

ジャンヌ　これは聖戦である。

舞台にはオリヴィエ、アラン、サイリアス。
ジャン、リング、ロベール。
後ろにはジル・ドレがいる。

ジャンヌ　シノンから続く旅に一つの区切りをつけます。さよならではない、新たなる旅の始まりを。
ジャン　前線は誰が行く？
ジャンヌ　シャロンにはジャンとロベールの隊を先頭に、トロワにはアランとリングを配置します。
アラン　はっ!!
ジャンヌ　サイリアスは情報戦を。伝令と共に両者を行き来してもらいます。
サイリアス　任せて。
ジャンヌ　ジル・ドレとオリヴィエは私と共に。
ジル・ドレ　目標は？
ジャンヌ　ランス。

雷鳴が鳴り響く。

ジャンヌ　……ランスで王を戴冠させる。それまでは旅の終わりはない。
ジル・ドレ　わかりました。
ジャンヌ　黄金の冠を。ランスに春を……この旅に光を。

音楽。
士気の上がるフランス軍。
それを見つめるラ・イール。
連戦の勝利が描かれていく。
舞台はランスへと移り、王の戴冠式が行なわれる。
ゆっくりと歩くシャルル。
微笑むジャンヌ。
王冠を手渡され、ゆっくりと振り向くシャルル。
歓声と共に、舞台は暗くなっていく。

ACT 4

——場面は深い夜。
牢屋にいるラングレンが繋がれている。
階段を登って来る音が聞こえる。
ミザリである。

ラングレン　誰だ貴様は……？
ミザリ　少し話がしたいと思ってな……。
ラングレン　出て行け。
ミザリ　まあそう言うな。命乞いぐらいは聞いてやっても構わんぞ。
ラングレン　ふざけるなよ、イギリスには誇りがある。貴様らと一緒にするな。
ミザリ　口の利き方に気をつけろ。人質はお前だけじゃないんだから。
ラングレン　……。
ミザリ　パリでは勇猛果敢な隊長だったそうだな、お前は。規律を重んじ、剣の腕も立ち、そして部下思いでもある。皆口を揃えて言ってたよ。

ラングレン　貴様……。

ミザリ　どうするかはお前の口の利き方次第だ。……お前の部下も、おまえ自身もな。

ラングレン　……何が言いたい？

ラングレンに詰め寄るミザリ。

ミザリ　何故オルレアンでイギリスは軍を退いた……？あれだけの軍勢だ。崩せぬ程の脅威はないだろ。

ラングレン　……自分の国を信じられんか？

ミザリ　余計な口を挟むな。答えろ。

ラングレン　知らん……それ以上はない。

ミザリ　聖女だな。あの羊飼いの娘が関係あるんだ。

ラングレン　……。

ミザリ　やはり……あの女は魔女だ。それはお前らにとってもな……。

ミザリ、ラングレンの鎖を外す。

ラングレン　……何を……!?

ミザリ　好きな所に逃げるがいい。口も割らんイギリスに興味はない。

ラングレン　……お前……!?
ミザリ　わからんか？あの魔女を切りたがってるのは、フランスも同じなんだよ。口実は、一つでも多い方がいい。
ラングレン　……。
ミザリ　早く行け、それとも礼でも言ってくれるのか？

そこにオリヴィエ、ジル・ドレが入って来る。

オリヴィエ　……逃げるならこいつを斬るぞ……お前と一緒にな。
ミザリ　本当に早いなこういう時は。
ジル・ドレ　この男の処遇はジャンヌが決めている。逃がしたいなら彼女に聞け。
ラングレン　誰が逃げると言った？

二人を睨みつけるラングレン。

ラングレン　部下を残して逃げる程、イギリスは落ちぶれてねえぞ。
オリヴィエ　……連れて行け。

兵士がラングレンを連れて行く。

ミザリ　楽しい時間だったのにな。お前らはいつも邪魔をする。

オリヴィエ　お前は信用がおけんからな。

ミザリ　士官の同期に言う台詞じゃないな。俺だって考えてるよ……このフランスの行く末をな。

ミザリはその場を離れて行く。

オリヴィエ　ジル・ドレ……。

ジル・ドレ　何だ？

オリヴィエ　魔女の意味を教えろ……お前と王は知ってる筈だ。

ジル・ドレ　……。

オリヴィエ　あの子に何の秘密がある？

ジル・ドレ　魔女など……この世にはいないよ。

ジル・ドレ退場。

後を追って、オリヴィエ退場。

★

場面変わると、イリアとニーナがいる。

イリア　……いい？外に出たら駄目よ。

ニーナ　心配しすぎよ。

イリア　ううん。今は熱も上ってきてるから、我慢しなさい。

ニーナ　花を摘みに行きたいの。ほら、部屋も殺風景だから。

イリア　春になったらもっとたくさんの花が咲くから。ね。

ニーナ　うん……。ねえ、春になったら聖女さんが逢いに来てくれるかな。

イリア　そうね。

ニーナを連れて行くイリア。

★

部屋の明かりが広がっていく。
そこにはポーラ、サイリアス、ジャンがいる。

ポーラ　でも本当にすごいわよねぇ。

サイリアス　何が？

ポーラ　連戦連勝！彼女が来るまではだって敗北続きだったんだよ。

サイリアス　……イギリスには脅威になってるんだよ。戦を司る魔女だってね。

ポーラ　こっちには聖女で、向こうには魔女か。面白い。

ジャン　……面白い事なんてねえよ。

ポーラ　まだ言ってんの？いい加減認めなさいよ。あの子がいたからここまで来れたんじゃない。みっともないよ、男のくせに。

ジャン　別にそんなんじゃねえ。

サイリアス　まだわからないよ、パリを陥とさなきゃ……いつひっくり返されるかわからない。あそこが最重要地だ。

イリア　本当にパリに行けば……薬はあるの？

サイリアス　ああ。間違いないよ。

イリア　本当ね、そうすれば良くなるのね。

サイリアス　症状は一緒だ。治る奴も見た事ある。

イリア　……そう。

ポーラ　ひどいの？

イリア　最近熱が下がらないの……。もう一週間も……。

ポーラ　大丈夫よ、きっとジャンヌがなんとかしてくれる。私達は、彼女の事をちゃんと祈ってあげよう。

ジャン　……ちょっと行って来る。

ポーラ　また？あんた本当にみっともないよ？

ジャン　ちゃんとしてるつもりだよ……だけどな……

ふと、立ち止るジャン。

ポーラ　何よ？
ジャン　お前らに祈られる聖女ってのは、誰に祈るんだろうな……。

ジャンは部屋を出て行く。
顔を見合わせるポーラとサイリアス。

★

——場面変わって教会。
ジャンヌが祈りを捧げている。
そこに入って来るパサド。

パサド　いても……大丈夫ですか？
ジャンヌ　あ、……勿論。
パサド　久しぶりですね。噂はここまで聞こえてきますよ……。
ジャンヌ　いえ……そんな……。
パサド　でも祈る事は忘れてなかったんですね……。
ジャンヌ　時間がなくて中々寄れなかったんですけど……でもやっぱり落ち着く場所だから。
パサド　変わったと思いますか？
ジャンヌ　何がですか？

パサド　あなた自身の事。この急激な毎日の中で……。
ジャンヌ　それは私にはわかりません……。
パサド　ごめんなさい、変な事を聞いてしまいましたね……忙しいあなたです。たまの祈りくらいは、ゆっくりしてください。

そこにリングが入って来る。

リング　あの……。
ジャンヌ　どうしたの？
リング　あなたにお逢いしたいという人が……。
ジャンヌ　私に？
リング　あ、はい。どうしても逢いたいって……何度も断ったんですけど……。
ジャンヌ　わかりました……ここへ。
リング　すいません……。

リングはその場を離れ、

パサド　ゆっくりする時間もありませんね。
ジャンヌ　いえ……。

一人の男を連れてリングが戻って来る。
ラ・イールである。

ジャンヌ　どうして……？

驚くジャンヌ。

ラ・イール　……久しぶりだな……。
ジャンヌ　どうしてこんな所に……。
ラ・イール　ここにいるって聞いてさ、そしたら何かいてもたってもいられなくなっちゃって村飛び出して来た。
ジャンヌ　駄目だよ……そんな事したら。
ラ・イール　大丈夫だよ。すいません……少し席を外してもらえないかな。
リング　あ、でも……。
ラ・イール　幼なじみなんだ、こいつと……だから少し話しがしたいと思って……
リング　すいません……でも……
ジャンヌ　無理なの。この人は私の護衛だから、ここを離れる事はできないの。
ラ・イール　……そっか。

リング　あ、壁に張りついてましょうか?得意なんです、髪型と一緒で張りつくの。ほら、こうやって……

ラ・イール　結構です。

リング　すいません。

座るジャンヌとラ・イール。

ジャンヌ　みんな……元気?

ラ・イール　ああ。村中お前の事を噂してるよ、この村から救世主が生まれたって……。

ジャンヌ　そう。

ラ・イール　驚きだよな、護衛までついちゃってんだから。ほら、俺にしたらさ、お前がいつも泣いてるところしか見てなかったから……ここまで大変だったろ。

ジャンヌ　そんな事ないよ……。

ラ・イール　……あ、ほら……あいつ、お前が可愛がってたあの羊、リング。

リング　ええ?!本当!?

ラ・イール　何?

リング　いや、僕の名前もリングなんですよ。

会話に入り込んでくるリング。

ラ・イール　……。
リング　すいません。同じ名前ですいません。
ジャンヌ　あの一番小さかった奴。
ラ・イール　そう、あいつ子供生まれたんだ。
ジャンヌ　本当に？
ラ・イール　ああ。たくさん生まれた。お前に見せてやろうと思ったんだけど、流石にここまでは連れて来れないだろ。
ジャンヌ　そっか。……逢いたいな。
ラ・イール　もし時間あったら村寄れよ。みんなお前の事心配してる……。
ジャンヌ　うん……。

二人に静寂が訪れる。

ラ・イール　……何か久しぶりに逢うと、話中々続かないな……。
ジャンヌ　ねえ、どうしてここに来たの？
ラ・イール　そりゃ、お前の顔見たいと思ったからさ……
ジャンヌ　それだけ……
ラ・イール　あのさ……俺も入れてくれないかな……。俺やれると思うんだ。腕っ節だって一番強かったし、ちゃんと体も鍛えてる。ほら、小さい時泣いてるお前をいつも守ってやったろ。やっぱり心配だからさ……お前の傍でお前を守ってやりたいんだ……。駄目かな……。

ジャンヌ　……。

ラ・イール　返事は今すぐじゃなくていいんだ。俺勝手についてくし、別にお前に迷惑掛けないからさ。そこら辺にいる奴より、よっぽど頼りになる。

そこに入って来るジル・ドレ。

ジル・ドレ　時間です。お戻りください。

ジャンヌ　……。

ラ・イール　お前……。

ジャンヌは立ち上がると、

ジャンヌ　この人を安全な所まで……連れて行ってください。

ラ・イール　ジャンヌ……!?

ジル・ドレ　わかりました。

ラ・イール　ちょっと待ってくれよ。理由を聞かせてくれよ！ここまで来たんだぞ、ジャンヌ。

ジャンヌ　あの羊、すごく大切にしていたの……だから守ってあげてほしいの。

ラ・イール　そんなの理由になるかよ！　そうじゃなくて……

ジル・ドレ　前に言った筈だ。この方はもうお前の幼なじみではない。

ラ・イール　あんたと話してんじゃねえんだ。今ジャンヌと話してんだよ。

ジャンヌ　昔とは違うから。あなたにここにいてほしくはないから。

ラ・イール　それは邪魔だって事か……俺がこの場にいたら足を引っ張るって事か……。

ジャンヌはゆっくりと頷き、

ジャンヌ　はい。

驚くラ・イール。

やがて誤魔化すように、

ラ・イール　あ……そっか……悪かった。ほら、俺昔から勘違いするとこあるだろ。何か自分でもできるんじゃないかって思っちゃってさ……。悪かった。羊さ、本当に生まれたから……もし時間あったら絶対に見に来いよ。お前がみんなに春見せて戻って来るまで俺がちゃんと面倒見ておくから、あと……それとさ……お前そんなに体強くないんだから……無理するなよ。昔みたいに……また倒れちまうぞ。あと……それから……

ジル・ドレ　それくらいにしてやれ。

ラ・イール　じゃあジャンヌ……またな……頑張れ。

その場を飛び出して行くラ・イール。
ゆっくりとジル・ドレもその場を離れる。

リング　ジャンヌ様……すいません。俺が連れて来なければ……。
ジャンヌ　……うん。
パサド　……泣かないんですね。
ジャンヌ　ここに来て、泣く事よりも辛い事があると知ったから……。
パサド　……それでいいんだと、私は思います。あなたの涙は他の者が流すから。あなたの辛さは、きっと他の者が分かち合ってくれるから……それが春だと私は思いますよ。

そこに入って来るサイリアス、ジャン。

ジャン　みんなが待ってるぞ。早くしろよ。
ジャンヌ　ごめんなさい。ちょっと用があったから。
ジャン　……終われば、終われば羊ぐらい見る時間はあるだろ。
ジャンヌ　ありがとう。
リング　あ！隊長ずりい!!俺が言おうと思ったんですよ!!

ジャン　うるせえな!!

アランがラングレンを連れて入って来る。

アラン　ジャンヌ様、連れて来ました。
ラングレン　……何の用だ。
ジャンヌ　……あなたを、パリで解放しましょう。

驚くラングレン。

ラングレン　俺を？
ジャンヌ　その代わり、休戦の提案をしてくれませんか。あなたの軍とあなたの仲間に……。
ラングレン　何馬鹿な事言ってる!?
ジャンヌ　パリにしかない薬が必要です。戦果を上げることで、それを失いたくありません。
ジャン　……ジャンヌ。
ラングレン　……俺がお前の言う事を素直に聞くと思うか？
ジャンヌ　ですから……あなたを信じます。もし無理なら、どうぞ逃げてください。あなたと戦う事は避けたいですから……。
ラングレン　……お前……。

ジャンヌ　ぎりぎりまであなたの報告を待ちます。お願いします。

深々と頭を下げるジャンヌ。

ラングレン　……。
ジャンヌ　……頼みますね。もう少しです。
サイリアス　大丈夫、あそこは私の街だ。
ジャンヌ　はい。薬を、それできっと助かります。その為に命を懸けましょう。
ジャン　……。
リング　やっぱり……救世主だ。
ジャンヌ　春まで……もう少しです。みんな、頑張りましょう。
パサド　もう見えていますね……皆には。
ジャンヌ　何がですか？
パサド　これもきっと小さな春です。

舞台ゆっくり暗くなっていく。

★

場面変わると、ラ・イールがいる。
そこに入って来るジル・ドレ。

ジル・ドレ　本気で傍にいたかったら強くなれ。それが彼女にとって一番嬉しい事だ。

ラ・イール　……。

ジル・ドレ　あの子がどれだけお前を連れて行きたいか、わからなかったか？

ラ・イール　知ったような口を利くな。お前にあいつの何がわかるんだよ!?

ジル・ドレ　だが、本当の事だ。

ラ・イール　……わかってるよ……ずっと一緒にいたんだ。小さな頃から、あいつを見てきたんだから……。

ジル・ドレ　……。

その場を離れるジル・ドレに、

ラ・イール　待て!!俺はお前の事なんか大っ嫌いだ。……お前がいなきゃジャンヌは村を出る事はなかった。こんなに辛い思いをする事はなかった。だけど……あいつを頼む……あいつをよろしく頼む!!

頭を下げるラ・イール。

その場を走り去って行く。

シャルルが入って来る。

見つめ合うジル・ドレとシャルル。

★

雷鳴が鳴り響く。

――時は流れていく、雨音が強くなっていく中、戦況を見つめる二人。

飛び込んで来るオリヴィエ。

オリヴィエ　どうして援軍が来ない！このままじゃ負けるぞ!!

シャルル　……。

オリヴィエ　王よ、どういうつもりですか!!?何故ここになって兵を温存するんです!!聖女を捨てるおつもりですか!?

ジル・ドレ　……そうではない。

オリヴィエ　だったら何故!?

シャルル　ジャンヌがそう言った。無用な戦いは避けたいと……できるだけ兵を出したくないと。援軍の指示はいらないと。

オリヴィエ　……そんな……!?

ジル・ドレ　あの子は何処かで信じているんだ。イギリスとの停戦を。

オリヴィエ　……無駄な事だ!!

オリヴィエ退場。

動き出すジル・ドレとシャルル。

★

雨の中、ラングレンが走っている。

★

ジャンヌとリングが戦火を抜けながら走っている。

ジャンヌ　まだ……ですか⁉　薬は届きませんか？
リング　……すいません。
ジャンヌ　わかりました……。

サイリアスが駆け込んで来る。

ジャンヌ　皆は⁉
サイリアス　今は何とか……持ちこたえてる……。だが、このまま行けば、確実に負けるよ。
ジャンヌ　……。
サイリアス　撤退の指示を。今ならまだ間に合う。
ジャンヌ　もう少しだけ……待たせてください。
サイリアス　ジャンヌ‼
リング　もう少しだけ、お願いだから！

サイリアス　……。

サイリアス、その場を駆け抜けて行く。

リング　ここも危ないです。行きましょう。
ジャンヌ　……。
リング　大丈夫、必ず守りますから。

リング、ジャンヌを連れて走り去って行く。

★

ジャンがロベールと共に敵を斬っている。

ロベール　アラン様率いる第二部隊が撤退したそうです!!
ジャン　戦況は!?
ロベール　明らかな劣勢です。ジャン様……ここは一度……
ジャン　ここは踏ん張る。力を貸せ。
ロベール　!?しかし……。
ジャン　ジャンヌが折れないのに弱音を吐けるか！ここは俺達の国だぞ!!
ロベール　はい……!!

戦いながら二人退場。

★

立ち止まるラングレン。

ジル・ドレがそこにいる。

ジル・ドレ　何処へ行く？

ラングレン　……。

ジル・ドレ　お前の役目は薬を取りに行く筈だぞ。

ラングレン　……笑わせるな、あの女の世迷い事だ。

ジル・ドレ　……薬を取って戻って来い。

ジル・ドレに剣を突きつけるラングレン。

ラングレン　余裕面するな。お前達はここで終わりだぞ。

ジル・ドレ　お前の部下はイギリスに送り届けた。彼女の命で、責任をもってな。

ラングレン　……。

ジル・ドレ　お前を生かしたのはあの子だ。国は関係ないぞ。

走り去って行くラングレン。

★

オリヴィエが戦っている。
飛び込んで来るアラン。

アラン　何やってる！ここは撤退を出してる!!
オリヴィエ　戦え!!オルレアンに比べたら、抜けられない事はないぞ！
アラン　オリヴィエ！
オリヴィエ　あの子の光だけは消すな!!
アラン　……お前。
オリヴィエ　消すな……アラン……春をここに呼んでやれ。
アラン　わかってる……でもお前が死んだら、意味がないんだよ。

雷鳴が鳴り響いていく。
戦況の悪化を丘から見つめるオリヴィエ。

オリヴィエ　……これは……。
アラン　……くそ……。
オリヴィエ　ジャンヌの元へ！早く!!

走り出すアラン。

オリヴィエも後を追って、その場を離れて行く。

★

ジャンヌとリングが入って来る。

遠い戦況を見つめるジャンヌ。

リング　おっそいですね……！でも、この雨ですもんね……！

ジャンヌ　……私は……浅はかでした……。

リング　ジャンヌ様……。

ジャンヌ　いつも綺麗事だけで……やっぱり何も見えていません……。

リング　大丈夫ですよ、必ず来てくれます！そういう目をしてたから。

ジャンヌ　……ごめんなさい。

リング　何言ってるんですか⁉約束ですよ？羊見るまで頑張りましょう‼

ジャンヌ　そうだね……。

リング　俺ちょっと見て来ます！きっともうそこまで来てるから。

走り出すリング。

ジャンヌ　……でも。

リング　あの……俺昔から何にもできなくていっつも人の後ついてるばっかりだったけど、目標ができたんです。死んでも成し遂げたい目標。

ジャンヌ　何？

リング　あなたと一緒に、春を見る事です。

リングはジャンヌに笑いかけ、その場を飛び出して行く。

★

——戦火の中、必死に声をあげるジャンヌ。

ジャンヌ　……後ろを振り返るな！この戦は聖戦である……だからもう少し持ちこたえろ……この先に春がある！もう少しだ……もう少し持ちこたえ……

大きな雷鳴が鳴り響く。

ジャンヌ　え……!?

驚くジャンヌ。
雨がずっと降り続いていく。

ジャンヌ　え……そんな……。

遠い先に、降伏の白旗が見える。
ジャン、オリヴィエ、アランが入って来る。

オリヴィエ　撤退の指示を出せ……終わりだ。
ジャンヌ　でも……。
ジャン　……すまん。すまん!!
アラン　……ご報告があります……リングが戦死しました。

大きな雷鳴が鳴り響く。
倒れるように、その場に座り込むジャンヌ。
舞台はゆっくりと暗くなっていく。

ACT 5

――場面は部屋へと変わる。
明かりが広がると、ニーナが座っている。
そこに入って来るポーラ。

ニーナ　あっ！
ポーラ　……久しぶりだね。
ニーナ　外……大丈夫？よくここまで来れたね。
ポーラ　うん。
ニーナ　みんな元気にしてる？お義兄さんもあれ以来顔を見せてくれないの。
ポーラ　忙しいんだよ。私たちに春を見せる為に頑張ってくれてるから。
ニーナ　そっか。リングさんは？元気にしてる？
ポーラ　……。

言葉に詰まるポーラ。

ニーナ　どうしたの？
ポーラ　元気にしてるよ。一緒に頑張ってるよ。

歩み寄ろうとするポーラ。

ニーナ　あ、駄目……こっちに来ちゃ駄目。
ポーラ　……。
ニーナ　うつっちゃうと困るから。最近、調子が悪いから……近寄ったら駄目。だからこの場所で話そう。
ポーラ　……。

近寄り、ニーナを抱きしめるポーラ。

ニーナ　駄目だよ。
ポーラ　大丈夫。もう少しだからね……春になったら必ず治るから。表に出て、みんなと同じようにいっぱい花も摘めるからね。
ニーナ　……本当？
ポーラ　本当だよ。聖女が必ず春を見せてくれるから。きっと私達に光を運んでくれるから。悪い魔女を倒して冬の時代を終わらせてくれるから。

ニーナ　そっか……魔女を倒してくれるんだ。じゃあ、私も逢える？その聖女に……。

ポーラ　うん。きっと逢えるよ。私逢った事あるんだから、すごく優しくて、強いのよ。あなたと同じ、とっても素敵な女の子よ。だから、もう少し頑張ろうね。

ニーナ　うん……。

そこに入って来るイリア。

イリア　それくらいにして。部屋に戻りなさい。

ニーナ　でも……。

イリア　いいから、姉さんね、大事な話があるから。ほら……。

ニーナ　……。

ニーナは部屋を後にする。

イリア　お願いだから……あんまり期待させないで。

ポーラ　本当にそう思うよ。きっと彼女が春を見せてくれるもの。

イリア　あなたも無理しなくていいの。もういいよ。

ポーラ　でも……

イリア　やめよう。変に期待するのも……全てを託すのも。

ポーラ　駄目だよ……だって彼女はここまで……

イリア　どうして彼女にそんな事を背負わせるの。どうして彼女一人なの……。

ポーラ　それは……。

イリア　普通の子じゃない、そんな子に一人で背負わせて……何が春よ。……だったらあの子は春を見なくていいの？みんなに春を見せて、あの子は何も見なくていいの？それの何処が春なの……？

ポーラ　……。

イリア　ジャンから聞いたわ……。あの子、涙を見せる事もできず、ただうずくまってるって……。そんな子に背負わせるこの国の何処に春があるのよ。

ポーラ　それでも……信じてあげよう。一緒に、春を見ようって……。

イリア　……どうしてそんな事言えるのよ……。

ポーラ　だって私の目標だもん。リングの代わりに今度は私が信じてあげたいから。

イリア　……。

イリア、その場を去って行く。

ポーラは外をゆっくりと見つめる。

★

――場面は王宮のバルコニー。

シャルルがロベールの報告を受けている。

ロベール　……パリ奪還に失敗しました。
シャルル　そうか……。
ロベール　イギリス軍が息を吹き返し、怒涛の勢いで各地を包囲しております。
シャルル　……ジャンヌはどうしてる？
ロベール　……。
シャルル　構わん。答えろ……。
ロベール　……敗戦のショックから……しばらくは昏睡状態を続けておりました。今も何も語らず、物も口にしません。

そこにミザリが入って来る。

ミザリ　……いよいよ、その時期が来たという事だ。
シャルル　……席を外せ。
ミザリ　あの子のおかげで、あなたは戴冠を済ませた、もう充分じゃないですか。
シャルル　充分とはどういう意味だ？
ミザリ　イギリスは停戦を結びたがってる。つまり、あの子はもういらないという事です。
シャルル　……。

ミザリ　わが国の状態は？

ロベール　それは……

ミザリ　ジャンヌに対して何と言っているか……答えろ。

ロベール　……イギリス軍を呼び込む魔女だと……。すでに神話は終わったと……。

ミザリ　おまえはどう思う？

ロベール　……私は……

ミザリ　王よ、最初に言った通り、ここからは一切の戦はいりません。民の言葉を反映するのが王の役目です。神話は終わった、あの子はもう聖女でも何でもありません。

シャルル　都合の良いものだ。

ミザリ　それを選択するのが、国というものです。王、ジャンヌが何者なのか、もうわかっていますよ。

立ち去ろうとするミザリ。

思わず口を開くロベール。

ロベール　私は……そうは思いません!!あの方は、聖女だ……だから私達はここまで来れた。あの方がいたから……

ミザリ　さすがは魔女……人気がある事だな……。

ミザリ、その場を後にする。

ロベール　……申し訳ございません。

深々と頭を下げるロベール。

シャルル　いい。これからも報告を頼む。あの子から目を離すな。

ロベール　……はっ。

ロベールはその場を離れて行く。

オリヴィエがゆっくりと入って来る。

シャルル　また小言でも言いに来たか？

オリヴィエ　いえ……。

シャルル　ならば行け。これから忙しくなる。

オリヴィエ　……停戦を……もう少し待っていただけませんか。

小さく笑うシャルル。

シャルル　やはり小言じゃないか。
オリヴィエ　あの子は立ちます!!もう一度、必ず立ち上がります!!だから……お願いします……もうしばらく、待ってください。お願いします……。
シャルル　……。

オリヴィエはその場を足早に去って行く。
シャルルはバルコニーから外を見つめながら、

シャルル　頑張れ……ジャンヌ。

ゆっくりと暗くなっていく。

★

ジャンヌが一人、うずくまっている。
傍らには静かにアランがいる。

アラン　元気を出してください。
ジャンヌ　……。
アラン　……あなたのせいじゃない。巡り合わせが悪かっただけです。だから、元気を出してください。

ジャンヌ　でも、私のせいです。

ジャンが駆け込んで来る。

ジャン　……おいちょっと待てよ！行かねえってのはどういう事だよ！行かねえってのはどういう事か聞いてんだよ！

ジャンヌ　私には無理です。ごめんなさい。

ジャン　何だよそれ。じゃあ無駄だったたって事か。俺達が命を懸けた事は無駄だったたって事か！

アラン　しょうがない。今は許してやってくれ……。

ジャン　ふざけんなよ！何だよそれ。これが聖女か。こんなくだらない奴の為にここまでやって来たって事か！

アラン　そんな言い方やめろ。彼女は俺達の希望だ。彼女がいたからここまでやって来れたんだ。

ジャン　それは違う！俺ははなからこんな女信じちゃいなかった。こうなると思ってた。立てよ。早く立って指示を出せ。ほら立てよ！

アラン　やめろ！

アランの手を振り払うジャン。

ジャン　何で立たねぇんだよ。諦めんのか。こんな所で終わんのかよ。お前本当の魔女になるつもりか!!

驚くジャンヌ。

アラン　お前……

ジャン　聖女なんだろうが。お前光を見せる聖女なんだろうが！だったらこんな所でうずくまってんじゃねえよ!!

ジャンヌ　……私は……そんな人間ではありません。

ジャン　あいつは……本当に何の取り柄もない奴だった。馬鹿で弱くて、いっつも逃げてる奴だった。だけどリングは言ったんだ!!聖女って人は、俺達と同じ目線で生きてるって……特別じゃなくて……俺らの事大事にしてくれるって……だから目標なんだって言ったんだ。「隊長、俺隊長よりも先に春見ますからね、あの人助けて、あの人が喜ぶ顔を先に見ますからね」って……。だったらお前は聖女だろうが!!あいつにとって、誰に代わる事もない聖女だろうが!?

ジャンヌ　……私は……。

ジャン　あいつにどっかの場所から春見せてやってくれよ……春はこんな景色だって教えてやってくれよ。

アラン　お前……。

ジャン　立てよ、説教すんの得意じゃねえんだ。立ってれば、そっから先の道は俺らが作る。お前に全部託してるわけじゃない。ここは俺達の村だ。俺達の街だ。俺達の国だ。だからお前と共に行くんだ。

ジャンヌ　……。

ゆっくりと立ち上がるジャンヌ。

ジャン　それでいい……悔しいけどな……みんながお前待ってんだよ。

ジャンヌ　私は……

アラン　ここはあなたが答える番です。

ジャンヌ　……。

アラン　あなたはきっとそれができるんです。それができるから……私はついて行くんです。だって、春はもうすぐなんだから。

サイリアス、ロベールが入って来る。

ジャンヌ　ごめんなさい……私は……甘かったです。

サイリアス　あんたが立つなら、何度でも行くよ。だって私達は止まれないんだから。この旅が終わるまで、私達は止まれない。春がある場所までは、私は一人だって行くよ。

ジャンヌ　私も一緒に行きます。

サイリアス　だったら一からやり直そう。私達は、自分の意志でここまで来たんだ。

ロベール　泣いてもいいんです。あなたが泣く分、僕らが頑張りますから。
ジャンヌ　……ありがとう。

輪の中に入るジャンヌ。
皆がジャンヌを連れて行く。
それを見つめているオリヴィエ。
アランは、その場に残り、

アラン　励ましてやらないのか……。
オリヴィエ　そんなのは……私の役目じゃない。
アラン　……お前らしいな。なあ……
オリヴィエ　何だ？
アラン　これが終わったらさ……剣置いて俺と……
オリヴィエ　終わりなどはない。墓まで一緒だ。くだらん事は言うな。

オリヴィエはその場を離れて行く。

アラン　くだらなくても、本気なんだぞ。

歩き出すアラン。

★

——場面は、教会へと移っていく。
パサドが祈りのを捧げる中、ジャンヌが入って来る。

パサド　やはり、来ましたね……。
ジャンヌ　やっぱり……落ち着かなくて。
パサド　では、行くんですね。

頷くジャンヌ。

パサド　……どうぞ。

そっと手を差し出すパサド。
座り、祈りを捧げるジャンヌ。
その場を静寂が包んでいく。

パサド　何を祈っていたんですか？
ジャンヌ　……こうなってみると、思いつかないものですね。何を祈ればいいのか……わかりません。

パサド　聖女らしくもない。

ジャンヌ　私は……魔女と呼ばれていますから。きっと嘘をついた天罰です。天の声などは聞いていないから……。

そこに入って来るイリア。

パサド　またあなたに、お客様ですよ。

イリア　……それで良いじゃない。魔女も聖女も同じよ。

ジャンヌ　あなたは……ジャンさんの……。

イリア　それで良いわよ。だから私も信じてみるから。

おどおどしながらニーナが入って来る。

イリア　ほら、この人が聖女だよ。

ニーナ　……。

イリア　ほら、ちゃんと言いなさい。

ニーナ　……初めまして。あのね……

ジャンヌ　……じゃあこの子が……

ニーナはジャンヌの元まで駆け寄り、

ニーナ　……春を……見せてね。

花を差し出すニーナ。

驚くジャンヌ。

ニーナ　私も必ず病気を治して、花を摘みに行くから。だから……頑張ってね。

ジャンヌ　うん……頑張るね。ありがとう。

ニーナを強く抱きしめるジャンヌ。

イリア　私達も待ってるわ。ずっと待ってる。だからこの子に逢いに来て……たくさん花を摘んで待ってるから。もう一度必ず、逢いに来て。

ジャンヌ　……はい。

イリア　行くよ、ニーナ。

ニーナ　うん……やっぱり思った通りの人だった。

イリア　良かったね。

イリアは微笑み、ニーナを連れて教会を出て行く。
そっとジル・ドレが入って来る。

ジャンヌ　……あなたは、いつも何も言わない。守ってくれると言いながら大事な時にはいつもいません。
ジル・ドレ　……申し訳ありません。
ジャンヌ　でも傍にいたら……きっと甘えてしまうでしょうから……これでいいんですね。
パサド　祈りの答えは……いずれ見つかるでしょう。あなたは間違いなく聖女ですから。
ジャンヌ　いえ。
ジル・ドレ　誰と話を？

ジャンヌ、驚いてジル・ドレを見る。
パサドの方を振り返ると、パサドは穏やかな笑顔でうなづいている。
パサドに笑い返すジャンヌ。
ジル・ドレに向かい、

ジャンヌ　いえ。

微笑むジャンヌ。

舞台光が大きくなっていく。

★

――雷鳴と共に、場面は戦場へと変わっていく。

ジャン、ロベールが戦っている。

ジャン　ジャンヌ!!

ジャンヌ　振り返るな！光はここにある!!

駆け込んで来るアラン。

アラン　ジャンヌ様！第一部隊が陥とされました!!ジル・ドレとオリヴィエが応戦に回っています!!

ジャンヌ　剣を取りなさい！光を!!

駆け込んで来るサイリアス。

サイリアス　第二部隊が陥とされました！

ジャン　この場所を離れる！いいな!!

ロベール　ジャンヌ様！ここは我々が!!
サイリアス　早く!!
ジャンヌ　頼みます!!

ジャン、アランと共にジャンヌはその場を走り去る。
応戦しながらロベール、サイリアスも駆け抜けて行く。

★

ジル・ドレが戦っている。
そこに飛び込んでくるラ・イール。

ジル・ドレ　……何しに来た？
ラ・イール　あいつを守りたい……だから……。
ジル・ドレ　だったら願ってろ。それくらいしかできないだろ。
ラ・イール　俺……俺!!

ジル・ドレ、剣をラ・イールに渡す。

ラ・イール　これ……。
ジル・ドレ　あの子が望む事をしてくれ。それはお前にしかできないんだから。

ラ・イール　どういう意味だよ⁉
ジル・ドレ　羊を守る事だ。大事な剣だぞ。
ラ・イール　お前……。
ジル・ドレ　約束したからな、お前と。あの子の事は頼まれた。
ラ・イール　……。

ジル・ドレはその場を去って行く。
走り出すラ・イール。

★

戦地へ向かおうとするシャルルがいる。
止めるようにミザリが立ちはだかり、

ミザリ　王よ！何処へ行かれるのですか⁉
シャルル　見届けなければいかん。当然の事だ。
ミザリ　なりません！この戦の終わりと共に、停戦条約が結ばれます‼
シャルル　あの子は魔女ではない……。
ミザリ　イギリスは本気です！忘れ形見であるジャンヌを捨てました‼
シャルル　……わかっていたのか……。
ミザリ　あの子は王家の子。あなたは利用した……ただそれだけの事です。

シャルル　もうそれだけじゃないんだ。

歩き出すシャルル。

シャルルの後を追うように、ミザリ退場。

★

ジャンヌを守りながら、ジャン、アランが戦っている。

必死に応戦する二人。

ジャン　援軍を呼べ！早く!!

アラン　わかった！

アランはその場を駆け抜けて行く。

——瞬間。

砲弾が一斉にジャンヌに向けられる。

ジャン　ジャンヌ、危ない!!

ジャンヌの前に飛び込んで来る一人の男。

砲弾に倒れる。ラングレンである。

ジャンヌ　どうして……どうして……？

ラングレン　これ……お前にやるよ。

薬を渡すラングレン。

ラングレン　薬だ……ちょっと遅くなったけどな……。

ジャンヌ　……どうして。

ラングレン　間に合わなかった……すまなかった……でもよ、嬉しかったぜ……あんたの言葉……あんな事言われたら……渡さないわけいかないだろ……聖女ってのも……悪くねえな。まあとりあえず……渡したぜ……。

ゆっくりと目を閉じるラングレン。
ジャンヌは前を睨みつけ、

ジャンヌ　……私は魔女だ……だから許さない……私は許さない!!これ以上傷をつけるものを……春を願う者を傷つける事は許さない……!!

歩き出すジャンヌ。

ジャン　やめろ！ジャンヌやめろ!!
ジャンヌ　私は……魔女だ!!
ジャン　駄目だ!!

必死に押さえつけるジャン。
オリヴィエが駆け込んで来る。

オリヴィエ　……私が時間を作る。
ジャン　オリヴィエ……。

ジャンヌをひっぱたくオリヴィエ。
驚くジャンヌ。

オリヴィエ　馬鹿じゃないの……あんたが死んだら春が見れないじゃない！何の為にここまで来てんのよ？
ジャンヌ　……。
オリヴィエ　早く！あんたに死なれたら私が困るの！だから行ってよ!!
ジャン　頼む!!

ジャンは、ジャンヌの手を取りその場を走り去る。
ゆっくりと前を向くオリヴィエ。

オリヴィエ　……私は天から光を受けた！これは聖戦である‼オルレアンを解放する！光の聖女が……春をこの場所に！陽の光と共に、オルレアンを解放する。この場所が……

砲弾に倒れていくオリヴィエ。
駆け込んで来るアラン。

アラン　オリヴィエ……！オリヴィエ‼
オリヴィエ　……王には言うなよ……王には絶対言うな……。
アラン　わかった……わかったから。
オリヴィエ　……やっぱり性に合わない……聖女なんてやるもんじゃないね……。墓まで一緒に入ったと言えよ……なあ……ちゃんと言えよ……。
アラン　……ちゃんと言うよ。何でだよ……まだ俺。まだ俺お前にちゃんと……
オリヴィエ　くだらん事を言うな……だから弱いんだ……。

目を閉じるオリヴィエ。

舞台ゆっくりと暗くなっていく。

★

舞台、静寂に包まれている。
ジャンヌが窓の外を見つめている。
ゆっくりと入って来るジル・ドレ。
静かに語りかける。

ジル・ドレ　……ここも、時間の問題です。
ジャンヌ　外は静かですね。これだけの人が戦ってるのに、びっくりするくらい静かです。きっと皆が時間を作ってくれたんでしょうね。
ジル・ドレ　……この先に、春がありますから。長き冬に終わりを告げる春です。

ジャンヌは窓の外を見つめながら、

ジャンヌ　……自分でも驚いているんです。私は何もなかったのに、何もできない子だったのに気付くとここにいます。だからといって私は強くなったわけでも、皆の希望になったわけでもないんです。私はあの日のまま何も変わっていません。あなたが連れて来た、あの日のままです。
ジル・ドレ　……ジャンが言っていました。あなたの逃げる時間は作ると。……もうあなたは十分にやった……あなたがこの場所を捨てるなら、私が命を懸けて守りましょう。何処までも連れて行きましょう。それがあなたの運命を変えた、私の償いです。あなたは……この場所を捨てますか？

ジャンヌ　……最後まで、私に選ばせるんですね。

ジル・ドレ　ジャンヌ……答えを……

ゆっくりと首を振るジャンヌ。

ジャンヌ　こんな私でも……こんな私でもね、たくさんの人が命を懸けてくれました。春が見たいと言って、春を見せてくださいと言って、私を守ってくれました。その人達にお礼を言ってないんです。だから逃げません。逃げたらどんな顔して皆に会ったらいいかわからないもの。私は春を見せます。この場所から道を開きます。たった一人でも先に進みます。……私を守ってくれた人がいたように。

ジル・ドレ　あなたはいつでも間違えない。ならば共に歩かせてください。最後まで……その為に……私はいるんです。

ジャンヌ　あなたは……ずるいです。

ジル・ドレ　初めて言います……もう少しで……春が見えます。だから、頑張ってください……。

ジャンヌ　はい。

雷鳴が鳴り響く中——場面は変わっていく。

人々の歓声が木霊する中――断頭台へと共に歩く二人。
ジル・ドレが観衆に揉まれ、ジャンヌが十字架にかけられていく。
群衆に駆け込むラ・イールがいる。

ラ・イール　ジャンヌ!!

――十字架に張付けられた中、

ジャンヌ　春が見えます……笑い声と……暖かい風と……綺麗な花と……駆け回る羊の足音が……春ですね。
ラ・イール　何でだよ!何でこうなるんだよ?神様!祈ったじゃねえか!!一生懸命祈ったじゃねえか!!何でこうなるんだよ!ジャンヌ!!!
ジャンヌ　……もし祈りが届くなら……彼女に薬が効きますよう……もう一度会いに行く為に……彼女に……そして皆に春を……この旅のさよならと共に……。

微笑むジャンヌ。
遠くから、パサドが見つめている。

ラ・イール　……ジャンヌ!!!

燃え上がる炎の音。
目を閉じ、焼かれていくジャンヌ。
舞台はゆっくりと暗くなっていく。

EPILOGUE

舞台光が灯ると、そこは始まりの場所。
シャルルが空を見つめている。
祈りを捧げるシャルル。

シャルル　聞こえたか……春だぞ……聞こえたか……ジャンヌ……。

そこにニーナが戻って来る。

シャルル　……どうしたの？
ニーナ　あのね……。これ……。

花を一輪渡すニーナ。

ニーナ　綺麗だったから……良かったらあなたも……届けてあげて。

シャルル　……ありがとう。
ニーナ　外……暖かいね。

微笑みながら、ニーナが走って行く。
十字架に花をそっと置くシャルル。
まばゆい光。
さよならではなく、始まりを告げるように。

完

あとがき

この二つの作品は、二〇〇五年から始めたワークショップの卒業公演の為に書き下ろしたものです。何かを始める者たちにとっての、エールになればと思い書いたのを覚えています。僕自身が歩んできた舞台での道を、新たな新しい表現者と生まれ変わらせたいと思いを込めて、シリーズ名は「クラシックス」にしました。

――五年間、毎年四〇人近い生徒と一年間だけの船に乗る。それはとても刺激的で、とても新しい感覚でした。人と出逢い、その人が新しい何かを生み出す。その衝動はとても感動的で、他の何事にも代え難い程、情熱が溢れています。誰もがひとつのものに一度だけ、そのたった一度だけの奇跡を演出席からいつも見つめていました。出逢いと別れは、誰もが知っている現実の事実ですが、「別れ」を感じさせない「別れ」も、また素敵だと僕は思います。

「Re:ALICE」は、その名の通り、アリスの世界観をモチーフにした全く別の世界でのお話。緑の少女を探す少女と少年達の、消えない痛みの冒険物語です。人は痛みを覚えるし、忘れもします。でもそれが全てだとは思えない。前を向くことだって、同じ。人の幸せも悲しみも、その人が感じたもので、正解も失敗も答えはありません。劇中、スノーディが崖の上でリキに伝える「悪い事じゃないよ」という台詞も。それがその人にとっての事実であれば、誰も何も言えないと思うのです。

――それでも、先に小さな未来があると信じて、物語と現実は続いて行くのだと思います。生きていくことでしか、続きを知ることはできませんから。「緑の少女」は何ですか？ と、稽古中から何度も聞かれました。僕にとっての正解はあります。ですが、それもきっと僕だけのものです。もし、あなたがこれを上演されるときは、あなたとあなたの集団だけの正解を探してください。それこそが、この不思議な世界の冒険だと、僕は思っています。

「GOOD-BYE JOURNEY」は、ジャンヌ・ダルクのお話。オルレアンを解放した一人の少女の「春」の物語。この作品は、二〇〇七年に東京芸術劇場で、AND ENDLESSの本公演としても上演された作品です。

ここで描かれるジャンヌは、何もありません。天の声を聞いたわけでも、救世主でもなく、ただ羊を愛する村の少女です。激動の真っ只中に生きながら、祈りを忘れない彼女と、それを見つめていた周りの人間達。この物語を描きながら、彼女は幸せだったのだろうか？と、ずっと考えていました。本当の歴史を知っている人などいませんから、ただの想像ですが、「終わらない旅」は、ないのかもしれません。ですが、その言葉を告げる彼女こそ、誰よりも戦っていた人だと思うのです。例え、剣など握らなくても。

六冊目の戯曲集になります。表現を始めた「冒険者」たちに向けての物語を、形にしたいと思っていました。機会があればと思い、「I」というナンバーを入れています。まだまだきっと、たくさんの出逢いがあると思うから。

論創社の森下さん、関係者の皆さん、ありがとうございました。それから、共に歩みを進めるAND ENDLESSのメンバー、ありがとう。そして、ワークショップメンバーにも。

彼らがいなければ、二つの世界など絶対に存在しなかったから。ありがとう。

そして最後に、いつも劇場に足を運んでくれる大切な皆さん、本当に本当にありがとう。

ひとつの歳を重ねるたびに、世界は「まだ」こんなに面白いと思っています。舞台の上から、たくさんの想いを込めて。

まだまだ続きます。僕の「物語」の冒険です。いや、まだまだ。

二〇一〇年五月　「PANDORA'S BY ME」の中日の夜に

西田大輔

CLASSICS vol.1『GOOD-BYE JOURNEY』上演記録

〈初演〉
上演期間・・・・・・2007年11月22（木）～12月9日（日）
上演場所・・・・・・東京芸術劇場小ホール1

CAST
ジャンヌ・・・・・・高梨臨

ジル・ドレ・・・・・西田大輔
オリヴィエ・・・・・田中良子
ジャン・・・・・・・村田洋二郎
アラン・・・・・・・杉山健一
リング・・・・・・・伊藤寛司
ロベール・・・・・・加藤靖久
ミザリ・・・・・・・佐久間祐人
サイリアス・・・・・宮本京佳

イリア・・・・・・・大森裕子
ニーナ・・・・・・・朝倉萌菜美
ポーラ・・・・・・・笹原綾
ラ・イール・・・・・一内侑

ラングレン・・・・・宇佐美雅司

パサド・・・・・・・村田雅和
シャルル・・・・・・榊陽介

DANCER
青戸郁恵　岩田香菜子　大畑佳奈恵　新山智子　濱野早矢加　前田絵美
YASU　横山陽子　吉岡亜希子

STAFF
作・演出・・・・・・西田大輔
舞台美術・・・・・・角田知穂
照明・・・・・・・・千田実（CHIDA OFFICE）、南香織（CHIDA OFFICE）
音響・・・・・・・・前田規寛（M.S.W.）
映像・・・・・・・・影乃造　池田暁
楽曲提供・・・・・・奥田祐
舞台監督・・・・・・清水スミカ
舞台監督助手・・・・齋藤崇
衣装・・・・・・・・雲出三緒　瓢子ちあき
衣装協力・・・・・・小菅飛鳥　菅田優子　日和田史
・・・・・・・・・・松浦美幸（Dance Company MKMDC）真鍋彩
・・・・・・・・・・八重樫伸登（Garden）
ヘアメイク・・・・・林美由紀　東京モード学園メイク・ヘア学科
美容協力・・・・・・STEP BY STEP
振付・・・・・・・・松尾耕（Dance Company MKMDC）
ダンサー派遣・・・・Dance Company MKMDC
宣伝美術・・・・・・サワダミユキ
WEBデザイン・・・髙橋邦昌
写真撮影・・・・・・土屋勝義
撮影・・・・・・・・カラーズイマジネーション
製作・・・・・・・・小比賀祥宣　安井なつみ　植野正浩
協力・・・・・・・・株式会社シグ　株式会社東京オリエンタル
プロデューサー・・・下浦貴敬

西田大輔（にしだ・だいすけ）
1976年生まれ。日本大学芸術学部演劇学科卒業。
1996年、大学の同級生らとAND ENDLESSを旗揚げ。以降、全作品の作・演出を手掛ける他、映画・ＴＶ・アニメ等のシナリオを執筆している。代表作は『美しの水』、『GARNET OPERA』、『FANTASISTA』、『ムーラン・ドゥ・ラ・ギャレット』など。

上演に関する問い合わせ
〒160-0023　東京都新宿区西新宿8-3-1　西新宿GFビル1F
Office ENDLESS　Tel　03-4530-9521
Fax　03-5501-9054

CLASSICS Ⅰ
Re:ALICE《リアリス》

2010年7月15日　初版第1刷印刷
2010年7月25日　初版第1刷発行

著者　西田大輔
装丁　サワダミユキ
発行者　森下紀夫
発行所　論 創 社
東京都千代田区神田神保町 2-23　北井ビル
tel. 03（3264）5254　fax. 03（3264）5232
振替口座 00160-1-155266

印刷・製本　中央精版印刷

ISBN978-4-8460-0960-1　http://www.ronso.co.jp